新 潮 文 庫

ピーター・パンとウェンディ

ジェームズ・M・バリー
大久保 寛訳

ピーター・パンとウェンディ

目次

ピーター・パンとウェンディ

第1章　ピーター、現われる

子どもはみんな、ただ一人を除いて、いつか大人になります。そして子どもはまた、自分がいつか大人になってしまうことを幼くして知るものです。例えば、ウェンディの場合、こんなふうにしてそれを知りました。二歳の時です。ある日のこと、庭で遊んでいたウェンディは、花を摘んでは、それを持ってお母さんのところに走っていきました。その姿はさぞかし可愛《かわい》らしかったにちがいありません。というのは、お母さんのダーリング夫人は思わず胸に手をあてて「ああ、どうしてあなたは永遠にこのままでいられないの！」と嘆いたからです。母子《おやこ》のあいだで交わされたやりとりはこれだけでしたが、ウェンディはまさにこの時、自分がいつか大人にならなければならないことを知ったのでした。二歳を過ぎた人間はいずれ必ず知ってしまいます。二歳は子ども時代の終わりの始まりなのです。

それはさておき、ダーリング家が住んでいるのは十四番地でした。ウェンディが生まれるまでは、彼女のお母さんが一家の主役だったのです。お母さんは美しい女性で、夢を信じる心を持ち、魅惑的でいたずらっぽい口元をしていました。お母さんの夢を信じる心というのは、箱の中にまた箱が入っている、あの神秘的な東洋の入れ子式の箱のようで、開けても開けてもさらにまた奥に何かあるといったふうなのでした。魅惑的でいたずらっぽい口元にはキスが一つ浮かんでいましたが、ウェンディはどうしてもそれを手に入れることができませんでした——口の右の隅にはっきりと見えていたのですが。

お父さんのダーリング氏がどうやってお母さんを射止めたかというと、こんなふうにです。彼女がまだうら若き乙女だった頃のこと。今や立派な紳士となっている大勢の青年が、同時に彼女に恋をしていることに気づき、プロポーズしようといっせいに彼女の家めがけて走り出しました。ダーリング氏一人を除いて。ダーリング氏だけは辻馬車《つじばしゃ》に乗って、真っ先に駆けつけ、その結果彼女をものにすることができたというわけです。ただし、心の奥のあの神秘的な箱と口元のキスだけは手に入れられませんでした。ダーリング氏は箱のことはもともと知りませんでしたし、キスの方はそのうちあきらめてしまいました。ウェンディはナポレオンならそのキスを手に入れられたかもしれないと思いました。でも、私が想像するに、ナポレオンも敗北を喫し、頭にきてドアをバタンと閉めて帰ってしまったのではないかと思います。

ダーリング氏は、お母さんは父さんを愛しているだけでなく尊敬もしているんだからな、とウェンディによく自慢したものです。お父さんは株やら配当やらのことに関してはすごく詳しい人物でした。もちろん、株のことなど本当は誰にもわからないのですが、お父さんは何でもわかっているような顔をしていました。どんな女性でも思わず尊敬してしまうような口調で、やれ株が上がったとか配当が下がったとか、もっともらしく言うのでした。

お母さんのダーリング夫人は白いウェディングドレスを着て結婚しました。初めのうちは、まるでゲームのように楽しみながら、芽キャベツ一つ付け落とすことなく完《かん》璧《ぺき》に家計簿をつけていました。しかし、しばらくすると、カリフラワーがごっそり抜けてしまい、その代わりに、顔のない赤ちゃんの絵が描かれるようになりました。合計を出さなくてはならない時に、そんな絵を描いていたのです。実をいうと、あれこれ赤ちゃんのことを思い描いていたのでした。

最初にウェンディが生まれ、それからジョン、次にマイケルが生まれました。

ウェンディが生まれてから一週間か二週間は、果たして自分たちがその子を養っていけるかどうか自信を持てませんでした。なにしろ、食べる口が一つ増えたわけですから。お父さんのダーリング氏は、ウェンディが生まれて得意満面でしたが、浮かれてばかりいるような人間ではありませんでした。お母さんのベッドの端に腰をおろして、彼女の手を握りながら、今後のさまざまな出費を計算しました。そのあいだお母さんは、お願いだからというような目でお父さんを見ているのでした。お母さんは何が何でも子どもを育てたいと思っていましたが、それはお父さんのやり方ではありませんでした。お父さんのやり方というのは、鉛筆と紙を使うものだったのです。お母さんが横からいろいろ口を出してお父さんの頭を混乱させると、お父さんは初めからやり直さなくてはなりませんでした。

「さあ、邪魔しないでくれたまえよ」お父さんはこんなふうにお母さんによくお願いしたものです。「うちには一ポンド十七シリングあって、会社に二シリング六ペンス。会社でコーヒーを飲むのをやめて、そう十シリングの節約、これで二ポンド九シリング六ペンスになる。きみの十八シリング三ペンスを足して三ポンド九シリング七ペンス。五ポンド分の小切手があるから、締めて八ポンド九シリング七ペンス――誰だ、もぞもぞしているのは？――897、点打って7繰り上げて――話しかけないでくれ、頼むから――それと、いつかうちに来た男にきみが貸した一ポンド――静かにしてくれよ、赤ちゃん――点打って赤ちゃん繰り上げて――ほら、間違ってしまったじゃないか！――997だったかな？　そうだ、全部で997だ。問題はだね、九ポンド九シリング七ペンスで一年やれるかということだよ」

「もちろん、やれますとも、ジョージ」お母さんは力強く言いました。でも、お母さんはウェンディを愛するあまりにそう思い込んでいただけで、実際のところ、お父さんの方が広い視野に立って冷静に判断しているのでした。

「おたふく風邪を忘れてはいかんよ」お父さんは脅すようにお母さんに言ってから、また計算を始めました。「おたふく風邪に一ポンド、これは低く見積もってだ。ひょっとしたら、一ポンド十シリング近くかかるかもしれん――口をはさまないでくれ――麻疹《はしか》に一ポンド五シリング、風疹《ふうしん》に半ギニー、これまでのところ二ポンド十五シリング六ペンスだ――指を振るのはやめてくれ――百日咳《ひゃくにちぜき》、十五シリングってところだな――」こんな具合に計算が続き、しかも毎回合計が違っていました。でも、最後には、おたふく風邪は十二シリング六ペンスに減額され、麻疹と風疹は一つにまとめられ、晴れてウェンディはダーリング家の長女として迎え入れられたのでした。

　弟のジョンが生まれた時にも同じ騒動が繰り返され、次男のマイケルの時にはそれこそ危機一髪でしたが、二人とも無事育てられました。やがて三人の子どもは子守に付き添われ、一列に並んでミス・フルサムの幼稚園に通うことになりましたが、みなさんもその姿を目にしたことがあるかもしれません。

　お母さんのダーリング夫人はどんな事でもきちんとやりたがる人だったうえ、お父さんはお父さんで隣近所の人と同じようにしないと気がすまない質《たち》でした。ですから、当然のことながら、ダーリング家にも子守がいました。ただ、子どもたちのミルク代などがバカにならず、あまりお金がなかったので、この子守はナナという名前の几帳面《きちょうめん》なニューファンドランド犬でした。ナナは、ダーリング家に飼われるまでは、特に誰の犬でもない野良《のら》犬だったのですが、昔から子どもを大切なものだと思っていました。ダーリング夫妻がナナと知り合いになったのはケンジントン公園です。ナナはひまさえあればケンジントン公園で乳母車をのぞいて歩いていて、怠け者の子守からはたいへん嫌われていました。ナナはだめな子守のあとをつけて家まで行くと、奥さんに言いつけてしまうからでした。さて、いざナナを子守にしてみると、二人といないほど優秀な子守であることがわかりました。お風呂《ふろ》の時間には、てきぱきと子どもたちの世話をしました。どんなに夜遅くても、誰か子どもが少しでも声をあげたりすれば、パッと飛び起きました。言うまでもなく、ナナの犬小屋は子ども部屋に置いてあったのです。天才的な能力を持っていたナナは、咳を一つ聞いただけでこれは放っておけないとか、すぐに喉《のど》にストッキングを巻いて治さなくてはいけないとか、そういうことがわかりました。そして、ダイオウの葉のような薬草を使う昔ながらの治療法が一番だと死ぬまで信じていて、病原菌がどうのこうのという進歩派気取りの学説には見向きもせず、小ばかにして鼻で笑うだけでした。ナナは三人の子どもに付き添って幼稚園に行っていましたが、それを見るだけで行儀作法が学べるほど立派なエスコートぶりでした。子どもたちのお行儀がいい時は、ナナはそのわきを静かに歩きますが、もし一人でも列からはみ出したりすると、鼻先で突いて押し戻すのでした。ジョンのサッカーの日には、一度もセーターを忘れたことがありませんでしたし、雨に備えてたいがい口に傘をくわえて出かけました。ミス・フルサムの幼稚園の地下には、子守が待つための部屋があります。他の子守たちは行儀よく長椅子《ながいす》に腰かけ、ナナは床に寝そべって待ちましたが、違いはそれだけでした。他の子守たちは社会的地位に関して自分たちより低いとみなしてナナをあからさまに無視していましたが、ナナの方は彼女たちの程度の低いおしゃべりを軽蔑《けいべつ》していました。ナナはお母さんの友だちが子ども部屋を見学に来るのがきらいでしたが、来るとなったらなったで、まずマイケルの普段着のエプロンを脱がして青い紐《ひも》飾りのついたおしゃれなやつに着替えさせ、お次はウェンディの服のしわを伸ばし、続いてジョンの髪を整えるために猛ダッシュするのでした。

これほどしっかり子どもたちの世話をしてくれる子守は、世界じゅうどこを探してもいなかったでしょう。お父さんのダーリング氏にもそれはわかっていましたが、時々、何か近所の噂《うわさ》になっているのではないかと不安になることもありました。お父さんはロンドンの社会における自分の立場についても考慮しなくてはならなかったのです。

ナナのことではもう一つ心配事がありました。お父さんは時々、ナナから敬われていないように感じることがあったのです。そんな時お母さんは「ナナはあなたを心から敬っているわ、ジョージ」などと言ってお父さんを安心させてから、今日はお父さんに特別よくしてあげてねと子どもたちに合図を送りました。すると、いつも決まって家族全員参加の楽しいダンスが始まるのでした。ダーリング家では、ナナの他にもう一人、ライザというお手伝いさんを使っていましたが、このライザも時々ダンスに加えてもらえました。ライザは雇われる時、とっくの昔にもう十歳になっていますと断言しましたが、長いスカートにメイド帽をかぶったその姿は、まるで小人のように見えました。みんなでダンスして浮かれ騒ぐことの楽しさといったら！　中でも大はしゃぎなのはお母さんでした。猛スピードでくるくる回るので、見えるのは例のキスだけでした。ですから、この時お母さんめがけて突撃したら、あのキスを手に入れられたかもしれません。これほど無邪気で幸せな家族はありませんでした——ピーター・パンが現われるまでは。

お母さんのダーリング夫人が初めてピーターのことを知ったのは、子どもたちの心を整理している時のことでした。良い母親なら、夜になって子どもが眠ったあと、子どもの心の中を隅々までよく見て、昼のうちに散らかってしまったものがあれば元の場所に戻し、翌朝子どもが困らないように整頓《せいとん》してやるものです。みなさんがもし夜起きたままでいられるなら（もちろん、起きたままではいられないでしょうが）、みなさんのお母さんも同じことをしているとわかるでしょう。そして、そんなお母さんの様子を観察するのはさぞかしおもしろいはずです。まるで引き出しを整理しているような感じなのです。お母さんはたぶん膝《ひざ》をついていて、みなさんの中にあるものをおかしそうに覗《のぞ》いてみて、一体どこでこんなものを拾ったんだろうと考えたり、すばらしい発見をしたり、あまりよくない発見をしたり、こちらのものにはまるで子猫にするようにそっと頰を押し当ててみたり、あちらのものはあわてて見えないところに押し込んだりします。みなさんが朝目を覚ますと、寝る時に芽生えていた悪い感情は小さく折りたたまれ、心の底にしまわれています。そして、心の一番上には、きれいな考えがきちんと用意され、すぐにも身につけられるように並べられているのです。

みなさんは人の心の地図を見たことがあるでしょうか。お医者さんなどがみなさんの地図を描くことがありますが、あれは心ではなく体の地図です。みなさんの心の地図を描いてみたら、ものすごくおもしろい地図ができあがるはずです。でも、お医者さんが子どもの心の地図を描こうとしてもうまくいきっこありません。子どもの心は入り組んでいるばかりでなく、休みなく動き続けているからです。さて、そんな子どもの心の地図がどうなっているかですが、そこには体温の折れ線グラフの線にそっくりのジグザグの線があります。たぶん島の道でしょう。なぜ島かというと、心にある国《ネバーランド》は昔からだいたい島と相場が決まっているからです。あちこちに驚くほどたくさんの色が飛び散り、沖のサンゴ礁《しょう》にはいかにも速そうな海賊船が停泊し、未開人が人里離れた穴ぐらで暮らし、たいがいは仕立て屋をやっている地の精《ノーム》がいて、川が流れる洞窟《どうくつ》があり、六人の兄がいる王子がいて、どんどん朽ちていくあばら屋があり、鉤鼻《かぎばな》をしたすごく小さな老婆《ろうば》も一人います。これで全部だとしたら、さほどやっかいな地図ではないでしょう。しかし、この他にもまだ、初めて学校に行く日、信仰、神父さん、丸池《ラウンド・ポンド》、針仕事、殺人、縛り首、間接目的語をとる動詞、チョコレート・プディングの出る日、歯列矯正具をつけること、お医者さんの診察の時に九十九《ナインテイナイン》と言わされること、自分で乳歯を抜いて三ペンスもらうこと、などなどがあるのです。しかも、これは島の一部にすぎないか、別の地図が透けて見えている可能性だってあります。とにかく、何一つじっとしているものがないので、ごちゃごちゃと複雑に入り組んでいるのです。

もちろん、ネバーランドは一人ひとり違います。例えば、ジョンのネバーランドでは入江の上をフラミンゴの群れが飛んでいて、ジョンはそれを銃で撃っていましたが、まだ幼いマイケルのネバーランドでは、フラミンゴの上を入江の群れが飛んでいるのでした。ジョンは砂浜にひっくり返して置いたボートの中に住んでいて、マイケルはインディアン風の半球形の小屋、ウェンディは木の葉を上手に縫い合わせた家に住んでいました。ジョンには友だちが一人もいなくて、マイケルには夜毎《よごと》やって来る友だちが数人いて、ウェンディは親に捨てられたオオカミの子を飼っていました。でも、同じ家族だと、ネバーランドもどことなく似ているものです。もし同じ家族のネバーランドが並んでじっと立っていたら、みなさんは、やっぱり家族だけあって鼻やら何やらがそっくりだねと言うことでしょう。遊ぶのが大好きな子どもたちは、いつもこの魔法の島の浜に小舟を引き上げています。私たち大人も一度はそこに行ったことがあるのです。打ち寄せる波の音は大人の耳に今でも届いていますが、大人はもう上陸することはないでしょう。

ネバーランドの他にも楽しい島はたくさんありますが、ネバーランドほどコンパクトで何不自由なく過ごせる島はないでしょう。むだに大きかったり広かったりすることがなく、うまい具合にまとまっているので、一つの冒険を終えてもう一つの冒険を始めるのに飽き飽きするような長い距離を移動する必要もありません。昼間、椅子やテーブルクロスを使ってネバーランドごっこをする時はまったく怖くありませんが、夜眠る二分前には、ネバーランドは限りなく本物に近づきます。それこそが、夜のあいだ部屋に小さな明かりを灯《とも》しておく理由です。

お母さんのダーリング夫人は、子どもたちの心の中を旅している時、たまに理解できないものを見つけることがありました。中でも一番とまどったのは、ピーターという言葉でした。ピーターなんて聞いたこともなかったのです。なのに、ピーターはジョンとマイケルの心のあちこちで見つかりましたし、ウェンディの心ときたら、ピーターという言葉で埋めつくされそうでした。しかも、その名前は他のどの言葉よりも力強く書かれて目立っていました。お母さんはじっと見ているうちに、ピーターという名前が妙に高慢ちきなように思えてきました。

「ええ、確かに高慢ちきなところはあるわね」ウェンディは残念そうに認めました。

お母さんはウェンディにいろいろ質問してみたのです。

「でも、いったい誰なの？」

「ピーター・パンに決まっているでしょ、お母さん」

　お母さんは初め、何がなんだかわからなかったのですが、子どもの頃を振り返って考えてみたら、妖精《ようせい》たちと暮らしているという噂のピーター・パンがいたことを思い出しました。ピーター・パンについては奇妙な言い伝えがいくつかありました。例えば、子どもが死ぬと、怖がらないように、ピーター・パンが途中まで一緒に行ってやるというようなことです。お母さんも子どもの頃はピーター・パンがいると信じていましたが、結婚もしてすっかり常識が身についた今では、まさかそんな人間がこの世に存在するとは思いもよりませんでした。

「それに」お母さんはウェンディに言いました。「ピーター・パンは今ではもう大人になっているはずよ」

「とんでもない、ピーターは大人なんかじゃないわ」ウェンディは自信たっぷりに断言しました。「わたしと同じくらいの大きさだし」ウェンディはピーター・パンの心も体も自分と同じ大きさだと言っているのでした。どうしてそんなことがわかるのか謎《なぞ》でしたが、とにかくわかるのでした。

　お母さんはお父さんに相談しましたが、お父さんは鼻で笑うばかりでした。「いいかね。どうせナナが子どもたちに吹き込んだバカ話さ。いかにも犬が思いつきそうなことだ。ほうっておけばいい。そのうち忘れてしまう」

しかし、この話が忘れ去られることはなかったのです。まもなく、そのやっかいな少年はお母さんに大きなショックをあたえるのでした。

子どもというのは、どんなに奇妙な冒険をしても当たり前のように感じるものです。例えば、森の中に行ったら死んだお父さんにばったり会って一緒に遊んだというようなことを、その出来事があって一週間もたってから、何でもなかったように話したりします。ウェンディはある朝、およそ穏やかならぬことを口にしたのですが、その時その時のウェンディの様子も別に大したことでもないといった感じでした。木の葉が何枚か、子ども部屋の床に落ちていたのです。子どもたちが寝た時にはそこに木の葉など絶対になかったものですから、お母さんはすっかり頭を抱えてしまったのですが、ウェンディの方は〝もうしょうがないわね〟というような笑みを浮かべて言いました。

「きっとまたピーターのしわざよ！」

「いったいどういう意味、ウェンディ？」

「いけない子だから、足をふいたりしないの」ウェンディはため息まじりに言いました。きれい好きな子どもだったのです。

ピーターが夜中に時々子ども部屋にやって来ては、わたしのベッドのわきに腰をおろして、牧羊神《パン》みたいに笛を吹いているらしいの、とウェンディは不思議なことでもなんでもないというように説明しました。残念ながら、ウェンディはその時一度も目を覚ましたことがありません。ですから、どうして知っているのかわかりませんでしたが、とにかく知っているのでした。

「何をばかなこと言っているの。誰かが家に入ってくるならドアをノックするはずよ」

「窓から入ってくるんだと思うわ」ウェンディは言いました。

「いいこと、ここは三階よ」

「木の葉が落ちていたのは窓の下じゃなかったかしら、お母さん？」

確かにその通りでした。木の葉は窓のすぐそばで見つかったのです。

お母さんはどう応じたらいいのかわかりませんでした。というのは、ウェンディは現実のことだと信じきっているようだったので、夢を見ていただけよと言って簡単に片づけるわけにはいかなかったからです。

「だけど、ウェンディ」お母さんは強い調子できました。「どうして今まで話してくれなかったの？」

「忘れていたの」ウェンディはどうでもいいように答えました。そんなことより早く朝ごはんが食べたかったのです。

なら、やっぱり夢を見ていたのにちがいないわ。

とはいえ、木の葉はまちがいなくあるのでした。お母さんは木の葉をじっくり調べてみました。枯れて筋だらけになった葉っぱでしたが、イギリスに生えているどの樹木の葉とも違うことははっきりわかりました。得体の知れない足跡が残っていないかと、お母さんはロウソクを手に、床を這《は》いながら探してみました。火かき棒で暖炉の煙突の中をつついたり、部屋の壁をたたいたりもしました。窓から歩道に巻尺を垂らしたりもしてみました。下から上までまっすぐ九メートルあまりもあるうえ、登るのに使える雨樋《あまどい》の類《たぐい》すらありませんでした。

そうよ、ウェンディは夢を見ていたんだわ。

でも、翌日の夜に明らかになったのですが、ウェンディは夢を見ていたのではありませんでした。さらに言うなら、ダーリング家の子どもたちの驚くべき冒険が始まったのはまさにその日の夜なのです。

さて、問題のその夜、三人の子どもたちはいつものようにベッドに入りました。ただ、ちょうどナナが子守を休む夜だったので、お母さんが子どもたちをお風呂に入れ、子守唄《こもりうた》を歌ってやりました。そのうち、子どもたちは一人ずつ、お母さんの手を放して眠りの国へと入っていきました。

三人ともなんの心配もなさそうにすやすやと眠っていました。ですから、お母さんはみんな自分の取り越し苦労だったと思って微笑し、安心して暖炉のそばに腰をおろすと、縫い物を始めたのでした。

縫っているのはマイケルのものでした。マイケルは今度の誕生日に少し大人っぽくワイシャツを着ることになっていたのです。けれども、暖炉が暖かいうえ、子ども部屋には三つの小さなロウソクの薄暗い明かりが灯っているだけだったので、ほどなく縫い物はお母さんの膝の上に置かれてしまいました。それから、お母さんは、とても優雅にですが、頭をこっくりこっくりさせ始めました。眠ってしまったのです。ほら、この四人を見てください。そちらにウェンディとマイケル、こちらにジョン、暖炉のそばにお母さん。ロウソクがもう一本ほしいところでした。

眠っているあいだに、お母さんは夢を見ました。ネバーランドがすぐそばまで迫ってきて、見知らぬ少年がそこから飛び出してくるという夢でした。お母さんはその少年を見ても特に驚いたりしませんでした。というのは、子どものいない多くの女性の顔の中に、この少年の姿を見たことがあるように思ったからです。それどころか、子どものいる女性の顔の中にさえ、この少年が見つかることがあるのです。ただ、ダーリング家のお母さんの夢の中では、少年はネバーランドをおおい隠す幕を引き裂き、ウェンディとジョンとマイケルがその裂け目からネバーランドの中を覗き込んでいるのでした。

こんなふうに夢を見ただけならよくあることで済んだのでしょうが、この夜ばかりは夢を見ているうちに、子ども部屋の窓がさっと開き、本当に一人の少年が床に降り立ったのです。少年は何やら光るものを同行していました。みなさんの握りこぶしくらいの大きさの光で、生き物のように部屋を飛びまわるのでした。私が思うに、お母さんが目を覚ましたのはこの光のせいだったのにちがいありません。

お母さんは叫び声をあげながら立ち上がりましたが、見ると、そこに少年の姿がありました。どういうわけか、すぐにそれがピーター・パンだとわかりました。もしみなさんか私かウェンディがその場にいたら、ピーターがお母さんのダーリング夫人のキスによく似ているとわかったことでしょう。ピーターは愛らしい男の子で、何枚もの筋だらけの枯葉を樹液でくっつけた服を着ていましたが、とりわけ目を奪われたのは、乳歯が一本残らず生えそろっていることでした。ピーターはお母さんが大人だと気づくと、小さな真珠のような歯をギシギシ鳴らしました。

第2章　失われた影

お母さんのダーリング夫人は悲鳴をあげました。すると、まるで呼び鈴に応じるようにドアが開いて、ナナが入ってきたのでした。タイミングよく夜の外出から帰ってきたところだったのです。ナナはうなり声をあげながら、少年に飛びかかりました。少年はさっと飛び上がって窓から外に消えました。お母さんはまた悲鳴をあげましたが、今度は少年のことが心配だったからです。落下して死んでしまうと思ったのです。お母さんは一目散に外の通りまで駆け下りると、少年の小さな体を探しましたが、そこにはありませんでした。お母さんは上を見てみました。夜の闇《やみ》の中に、流れ星と思われるものが走っているだけでした。

お母さんが子ども部屋に戻ってみると、ナナが何かを口にくわえていました。なんと、それはあの少年、ピーターの影でした。ピーターが窓に向かって飛び上がった時、ナナは急いで窓を閉めたのです。ピーターは間一髪逃げおおせたのですが、ピーターの影には逃げるひまがありませんでした。ピーターの影は勢いよく閉まった窓にはさまれ、引きちぎられてしまったのでした。

言うまでもなく、お母さんは影を徹底的に調べましたが、それはどこから見てもごく普通の影でした。

ナナはこの影をどうするのが一番いいかよくわかっていました。窓の外に吊《つ》るしたのです。〈あいつは必ず取り戻しにくるはず。うちの子どもたちが起きてしまわないように、さっさと持ち去ってもらえるところに置いておきましょう〉と思ったからです。

でも、残念なことに、お母さんは影を窓の外に吊るしたままにしておくことができませんでした。まるで洗濯物を干しているように見えて、ダーリング家の評判が落ちてしまいかねないからです。お母さんはお父さんに影を見せようかと思いましたが、お父さんは頭が冴《さ》えるように濡《ぬ》れタオルを頭に巻いて、ジョンとマイケルの冬用の厚手のオーバーを買うのにいくらかかるか計算しているところだったのです。邪魔をするのは悪いような気がしました。それに、お父さんがどう言うかよくわかっていたのです。「犬なんかに子守をやらせているせいだ」

お母さんは影をくるくる巻いて、衣装だんすの引き出しにきちんとしまっておくことにしました。お父さんには、いずれ機会が来た時に話せばいいと思ったのです。ああ、なんということでしょう！

その機会が来たのは一週間後、あの決して忘れることのできない金曜日でした。ええ、そうです、不吉な金曜日なのでした。

「金曜日には特に気をつけなきゃいけなかったのに」お母さんはあとになってお父さんによく言ったものです。そういう時、ナナはたいていお母さんをはさんでお父さんと反対側に座り、お母さんの手を握ってあげているのでした。

「いやいや」お父さんはいつもこう応じました。「責任はすべてわたしにある。このわたし、ジョージ・ダーリングがしでかしたことだ。罪は我にあり《メア・クルパ》、罪は我にあり《メア・クルパ》」

お父さんには古典の素養があるのでした。

三人はこんなふうに毎晩毎晩集まっては、あの取り返しのつかない金曜日のことを思い返すのでした。しまいには、どんなに小さなことでも頭の中にくっきりと刻み込まれ、粗悪な硬貨の表に刻まれた模様が裏に浮き出ることがあるように、頭の後ろに浮かび上がって見えるほどでした。

「わたしが二十七番地のお宅のディナーの招待を受けさえしなかったら」お母さんは言いました。

「わたしがナナの皿にわたしの薬を入れさえしなかったら」お父さんは言いました。

〈わたしがその薬を好きなふりさえしておりましたら〉ナナの涙に濡れた目はそう言っていました。

「わたしのパーティ好きがいけないのよ、ジョージ」

「わたしの悪ふざけの癖がいけないんだよ、きみ」

〈わたしの神経質なところがいけないんでございます、旦那《だんな》様、奥様〉

それから、三人のうち一人もしくはそれ以上が、わっと泣きくずれるのでした。ナナは〈ええ、そのとおり、まったくそのとおりよ、犬なんかを子守にしたのがそもそもの間違いだったんだわ〉と思いながら。お父さんがナナの目をハンカチでぬぐってやったことが何度あったことでしょうか。

「あの悪党め！」お父さんはたまに声を荒らげたものです。ナナはそれに応じて荒々しく吠《ほ》えたものです。でも、お母さんだけは決してピーターを非難したりしませんでした。口の右の隅にある例のものが、お母さんの口からピーターの悪口を聞くのを望まなかったのです。

三人は抜け殻のような子ども部屋にそうして座っては、あの恐ろしい夜の一部始終をどんなに些細《ささい》なこともおろそかにしないで思い出しました。あの夜は何事もなく始まったのです。他の何百もの夜と変わりなく、始まりはまずナナがお風呂《ふろ》に湯を張り、マイケルを入浴させるために背中に乗せて部屋から運ぶところでした。

「ぼく、まだ寝ないからね」マイケルはその件に関してわがままを通せると思い込んでいるように断固抗議しました。「寝るもんか、寝るもんか。だってナナ、まだ六時にもなってないんだぞ。やだったら、やなんだ、おまえなんかもうカワイがってやらないからな、ナナ。お風呂になんか入るもんか、やなこった、やなこった！」

それから、白いイブニングドレスを着たお母さんが部屋に入ってきました。お母さんが早めに着替えたのは、ウェンディがお母さんのイブニングドレス姿を見るのが大好きだからでした。お母さんはお父さんからプレゼントされたネックレスをしていました。片方の腕にはウェンディのブレスレットをつけていました。お母さんが貸してほしいと頼んだので、ウェンディは喜んでそのブレスレットをお母さんに貸してあげたのです。

さて、部屋に来たお母さんが見ると、ちょうど上の二人の子どもは、ウェンディが生まれた時のお父さんとお母さんのやりとりを演じて遊んでいるところでした。ジョンはこんなふうに言っていました。

「ダーリング夫人、きみが今お母さんになったことを慎んで知らせるよ」いかにもお父さんがその時実際に言ったような口調でした。

ウェンディの方は、これまたいかにも本当のお母さんがそうしたかのように、喜びのあまり小躍りしました。

続いてジョンが生まれました。お父さん役のジョンは、一家に男の子が誕生したということで、いっそう浮かれ騒いでみせました。お風呂から出てきたマイケルが、ぼくも生んでよと頼みましたが、ジョンはもう子どもはいらないと冷たく言い放ちました。

マイケルは泣きそうになって「ぼくなんかだれもほしくないんだね」と言いました。もちろん、イブニングドレスのレディは黙ってはいられませんでした。

「わたしはほしいわ」お母さんは言いました。「三人目の子どもがすごくほしいわ」

「男の子、それとも女の子？」マイケルはあまり期待していないような口調でききました。

「男の子よ」

とたんに、マイケルはお母さんの腕の中に飛び込みました。ダーリング夫妻とナナは今そんな小さなことまでこまごまと思い出すのでしたが、マイケルが子ども部屋ですごした最後の夜の出来事だとしたら、そんなに小さなこととはいえません。

三人はさらに思い出にふけります。

「わたしが竜巻のように部屋に駆け込んだのは、その時だったね？」お父さんのダーリング氏が自分で自分にあきれて言いました。実際、まさに竜巻のようだったのです。たぶん、お父さんにはお父さんなりの理由があったのでしょう。つまり、お父さんもパーティに出席するために着替えていて、最後にネクタイを結ぶところまでは、万事うまくいっていたのです。ところが、こう言ったら驚きでしょうが、このお父さんときたら、株や配当のことなら何でも知っているくせに、ネクタイを結ぶのは苦手中の苦手なのでした。たまにはネクタイを屈服させられることもありました。しかし、つまらぬプライドを捨てて、最初から結んであるネクタイを使ってくれたほうが家族にとってありがたい、という場合もありました。

この時もそんな場合でした。お父さんはくしゃくしゃになった小さなネクタイの塊を持って、子ども部屋に飛び込んできたのです。

「まあ、どうしたの、お父さん？」

「どうしたもこうしたもあるか！」お父さんはわめきました。文字通り、わめいたのです。「このネクタイめ、結ばれようとしないんだ」お父さんは恐ろしいほど皮肉になっていました。「わたしの首では不服だと言ってな！　ベッドの柱ならいいんだと！　ああ、そうとも、ベッドの柱には二十回も結べたのに、わたしの首に結ぼうとすると、こいつは拒むんだ！　ああ、やめてください！　どうかご勘弁を、などとほざいてな！」

お父さんは、お母さんが今一つ真剣に受けとめてくれていないと思ったので、厳しい口調で話し続けました。「言っておくがな、お母さん。もしこのネクタイがわたしの首に結ばれなければ、わたしたちは今夜ディナーに行かない、わたしは二度と会社に行かない。もしわたしが二度と会社に行かなければ、きみとわたしは餓死し、子どもたちは路頭に迷ってしまうんだぞ」

そこまで脅されても、お母さんは動じませんでした。「わたしにやらせて、あなた」お母さんは言いました。実のところ、お父さんはお母さんに結んでくれと頼みに来たのです。お母さんはやさしい手つきで、落ち着き払ってネクタイを結んであげました。そのあいだ、子どもたちは両親のそばに立って、果たして自分たちの運命がどうなるのか、路頭に迷うようなハメになるのかならないのか確かめようとしているのでした。男の中には女性がそんなに簡単にネクタイを結べてしまうのを腹立たしく思う者もいるでしょうが、お父さんはそんな狭い了見の持ち主ではありませんでした。さほど気にかける様子もなくお母さんに礼を言うと、すぐに怒りなど忘れ、次の瞬間には、マイケルを背負って部屋の中を飛びまわっていました。

「あの時はほんとに楽しく浮かれ騒いだものねえ！」お母さんは今、思い出しながら言います。

「一家で浮かれ騒いだのはあれが最後だった！」お父さんはうめくように言いました。

「ああ、ジョージ、覚えているかしら？　マイケルがいきなり『お母さんはどうやってぼくと知り合いになったの？』と言ったことを」

「覚えているとも！」

「みんなかわいい子どもだったわよね、ジョージ？」

「わたしたちの子どもだったんだ、わたしたちの。それがもういなくなってしまった」

あの夜の浮かれ騒ぎは、そこにナナが現われると同時に終わったのでした。たいへん運悪く、お父さんはナナと衝突して、ズボンが犬の毛だらけになってしまいました。しかも、それは新品のズボンであるばかりか、生まれて初めて作った側章付きの上等なズボンなのでした。お父さんは唇を噛《か》んで涙をこらえなくてはなりませんでした。もちろん、お母さんはズボンにブラシをかけてあげましたが、お父さんは、やっぱり犬を子守にするのは間違いなんだとまた言い出したのでした。

「ジョージ、ナナはわが家の宝物よ」

「それは確かだが、時々、ナナが子どもたちを子犬と見なしているんじゃないかと心配になってな」

「まあ、そんなことないわ。ナナには子どもたちが人間だということがちゃんとわかっているはずよ」

「さあ、どうかな」お父さんは思案顔で言いました。「どうかな」今こそあのピーターという少年のことをお父さんに話すチャンスだと、お母さんは思いました。話を聞いても、お父さんは最初まじめに取り合いませんでしたが、お母さんから例の影を見せられると、考え込みました。

「こんな影の持ち主は知り合いにはいないが」お父さんは影をじっくり調べながら言ったのでした。「とにかく、悪党のようではある」

「あれはわたしたちがまだその話をしている時だったな」と、お父さんは今振り返って言います。「ナナがマイケルの薬を持って入ってきたのは。ナナ、おまえがあの薬の瓶を口にくわえて運ぶことはもう二度とないだろうね。みんなわたしが悪いんだ」

お父さんは強い人間でしたが、あの薬に関してはまちがいなく愚かで情けないふるまいをしてしまったのです。もしお父さんに欠点があるとしたら、自分は子どもの時からどんなまずい薬も平気で飲んできたと思い込んでいることでした。ですから、マイケルがナナのくわえたスプーンをさっと身をかわしてよけた時、お父さんはこうたしなめたのです。「男らしく飲むんだ、マイケル」

「やだよ、やだやだ」マイケルはだだをこねて泣きわめきました。お母さんはチョコレートを取ってきてやろうと部屋を出ました。お父さんはそんなことを許したら親としての威厳を欠くと思いました。

「お母さん、甘やかしちゃいかん」お父さんはお母さんの背中に向かって言ってから、幼い次男に説教しました。「マイケル、わたしがおまえぐらいの年の頃は、文句一つ言わずに薬を飲んだものだぞ。『やさしいお父さんお母さん、ぼくを元気にしてくれる薬をくれてありがとう』と言ってな」

お父さんは自分が本当にそうしていたと思い込んでいるのでした。すでにネグリジェに着替えていたウェンディも、すっかりその話を本気にしたので、マイケルをその気にさせようとこう言いました。「お父さんが時々飲むあのお薬は、もっとずっとまずいのよね。そうでしょ、お父さん？」

「はるかにまずいとも」お父さんは威張って言いました。「あの薬の瓶を失《な》くしてさえいなかったら、お手本として飲んでみせてやってもいいんだがな、マイケル」

実をいうと、お父さんはそれを失くしたわけではありませんでした。夜中に衣装だんすのてっぺんまでよじ登って、そこに隠してしまったのです。ただ、お父さんが知らないのは、しっかり者のお手伝いさんのライザがもう見つけて、お父さんの洗面台に戻してあったことでした。

「瓶がどこにあるか知ってるわ、お父さん」いつも進んでお手伝いをするウェンディが、叫ぶように言いました。「今すぐ持ってきてあげる」お父さんが止めるよりも先に、ウェンディは部屋を飛び出していきました。とたんに、あら不思議、お父さんは元気をなくしてしまったのでした。

「ジョン」お父さんはぶるっと身震いしながら言いました。「あれほどぞっとする薬はないんだ。まずくて、ネバネバしていて、甘ったるい、まったくもってひどい代物《しろもの》でな」

「すぐにすむさ、お父さん」長男のジョンは愉快そうに言いました。その時、ウェンディがコップに薬を入れて駆け込んできたのでした。

「できるかぎり急いで取ってきたのよ」ウェンディは息を切らしながら言いました。

「ああ、すばらしくお早いことでしたね」お父さんは悪意をこめてわざと丁寧に応じましたが、ウェンディには通じませんでした。「マイケルが先だぞ」お父さんは断固たる口調で言いました。

「お父さんが先だよ」マイケルはだまされまいとするように言い返しました。

「お父さんはこれを飲むと吐いてしまうぞ、それでもいいのか」お父さんは脅すように言いました。

「あきらめなよ、お父さん」ジョンが口をはさみました。

「黙ってろ、ジョン」お父さんは怒鳴りました。

ウェンディはわけがわかりませんでした。「お父さんは簡単に飲めると言ったんじゃなかったかしら」

「そういう問題じゃないんだ」お父さんは反論しました。「問題はだな、お父さんのコップにはマイケルのスプーンよりもたくさん入っているということだ」お父さんの誇り高き心は、今にも張り裂けそうでした。「そんなのは不公平だ。今まさにここで死にかかっているとしても、お父さんはそう言うぞ。不公平だ」

「お父さん、ぼくは待ってるよ」マイケルが冷ややかに言いました。

「待ってると言うならけっこう、好きなだけ待ってろ。お父さんも待ってるぞ」

「お父さんは弱虫毛虫だ」

「おまえだって弱虫毛虫だ」

「ぼくは怖くなんかないよ」

「お父さんだって怖くないぞ」

「なら、飲みなよ」

「なら、飲むんだ」

ウェンディはいいことを思いつきました。「じゃあ、二人同時に飲んだらどうかしら？」

「なるほど、名案だ」お父さんは言いました。「用意はいいか、マイケル？」

ウェンディが一、二の三と号令をかけると、マイケルは自分の薬を飲みましたが、お父さんはさっと背中に隠してしまいました。

マイケルから怒りの叫び声があがりました。ウェンディも「そんなあ、お父さん！」と声をあげました。

「『そんなあ、お父さん！』とはどういう意味だ？」お父さんは問いただすように言いました。「騒ぐのはやめなさい、マイケル。お父さんは飲むつもりだったんだが、そのう、失敗してしまったんだ」

子どもたちは三人全員、この人はまるっきり尊敬に価《あたい》しないとでもいうように、お父さんを怖い目でにらみつけました。「いいか、みんな」ナナが浴室に行ってしまうと、すぐさまお父さんは懇願するように言いました。「すばらしいイタズラを思いついたんだ。お父さんがナナのお皿にこの薬を入れる。すると、ナナがミルクだと思って飲むわけだ！」

それは確かにミルクの色をしていました。でも、お父さんのユーモアのセンスをまるで理解できない子どもたちは、ナナのお皿に薬を流し込むお父さんを非難するように見つめていました。「おもしろいことになるぞ」お父さんは自信なさそうに言いました。そこへ、お母さんとナナが戻ってきましたが、子どもたちはお父さんの悪事を暴《あば》く勇気が出ませんでした。

「ナナ、いい子だ」お父さんはナナを撫《な》でながら言いました。「おまえのお皿にミルクを少し入れておいてやったぞ」

ナナはしっぽを振って、薬のところまで走っていくと、ピチャピチャなめ始めました。それから、お父さんを意味深な顔つきで見ましたが、怒っているようではありませんでした。ただ、目には大粒の血の涙を浮かべていました。そんな気高い犬を悲しませるようなまねをしてはいけないと思わせる、大粒の血の涙でした。それ以上どうすることもできないナナは、とぼとぼと犬小屋に入っていきました。

お父さんはものすごく自分が恥ずかしくなりましたが、降参しませんでした。恐ろしいほどの沈黙の中で、お母さんがお皿のにおいをかぐと、「まあ、ジョージ。あなたの薬じゃないの！」と言いました。

「ただのイタズラだったんだ」お父さんがわめいているあいだに、お母さんは男の子たちを慰め、ウェンディはナナを抱きしめました。「あんまりだ」お父さんは苦々しげに言いました。「この家のみんなを楽しませてやろうと、わたしが骨身を削ってがんばっているのに」

それでも、ウェンディはナナを抱いたままでした。「そうか、わかったよ」お父さんは大声をあげました。「せいぜいナナを大事にすればいいさ！　お父さんなんかほっといてな。そうすればいいさ！　どうせわたしはこの家に給料を運んでくるだけの人間だ。大事にされなくて当然だ、そうとも、いないのも同然なんだ！」

「ジョージ」お母さんが頼みました。「そんな大きな声を出さないで。お手伝いさんたちに聞こえてしまうわ」どういうわけか、ダーリング家ではライザのことをお手伝いさんたちと呼ぶようになっていたのです。

「聞かせてやればいいさ」お父さんはやけくそになって応じました。「世界じゅうの人間を連れてこいってんだ。だが、あの犬はもうあと一時間でも子ども部屋でのさばらせないぞ」

子どもたちは泣きだしました。ナナは哀願するようにお父さんのところに駆け寄りましたが、お父さんは手を振って追い返しました。また強い人間に戻ったように思えました。「泣きついたってむだだ、むだだってんだ」とお父さんはきっぱりと言いました。「庭こそがおまえにふさわしい場所だ。さっさと庭に行け、すぐにつないでやる」

「ジョージ、ジョージ」お母さんは小声で言いました。「わたしが話したあの少年のことを思い出して」

悲しいかな、お父さんは一切耳を貸そうとしませんでした。この家の主人が誰かを教えてやろうと決意していたのです。ナナが命令に従わず犬小屋から出てこないので、お父さんは甘い言葉でナナをおびき寄せ、すきをついて乱暴につかむと、子ども部屋から引きずり出しました。お父さんはそんなことをする自分を恥ずかしいと思いながらも、そうせずにいられなかったのでした。それもこれもすべて一途《いちず》な性格のせいで、なんとしても家族からの尊敬を得ようとあせってしまったからでした。ナナを裏庭につなぐと、お父さんは打ちひしがれながら家に入り、両手の握りこぶしを目にあてて廊下に座り込みました。

そのあいだに、お母さんはいつになく無言で子どもたちをベッドに寝かしつけ、それぞれに夜の明かりをつけてやりました。ナナの吠え声が聞こえました。ジョンは

「お父さんが庭につないでるせいだ」とべそをかきましたが、ウェンディにはそんな単純なことに思えませんでした。

「ナナは悲しくて吠えているんじゃないわ。あれは危険をかぎつけた時の吠え声よ」ウェンディはそう言いましたが、何が起ころうとしているのかは予測がつきませんでした。

危険ですって！

「本当に、ウェンディ？」

「ええ、本当よ」

お母さんは身震いして、窓まで行きました。窓はしっかり閉まっていました。外を見ると、夜空には無数の星がちりばめられていました。実をいうと、星たちはこの家でこれから起ころうとしていることを早く見たくてたまらなくて、まわりをぐるりと取り囲んでいるのでした。でも、お母さんはそれには気づきませんでした。小さな星が一つか二つ、お母さんに向かってウインクしたことにも気がつきませんでした。それでも、お母さんは得体の知れない恐怖にかられ、思わず嘆いてしまったのでした。

「ああ、今夜パーティに行かずにすめばいいのに」

すでに半分眠っていたマイケルでさえ、お母さんが不安にかられていることがわかったので、「お母さん、夜の明かりをつけていても、ぼくたちを怖い目にあわせるものがいるの？」とききました。

「いいえ、そんなものはいやしないわ、マイケル」お母さんは答えました。「夜の明かりはね、お母さんが子どもたちを守るために残していく目なのよ」

お母さんはおまじないでもかけるように魅惑的な声で歌いながら、ベッドからベッドへと移動していきました。幼いマイケルはお母さんに抱きつき、「お母さん」と叫びました。「お母さん、大好き」これがマイケルの最後の言葉で、お母さんはこのあと長いあいだマイケルの声を聞くことができなかったのでした。

二十七番地の家があるのはほんの少し先でしたが、道には少し雪が積もっていたので、お父さんとお母さんは靴を汚さないように慎重に足の踏み場を選んで歩いていきました。通りにいるのはすでに二人だけで、すべての星が二人を見守っていました。星というのは美しいものですが、何であれ自ら直接行なうことは許されず、永遠に見守ることしかできません。はるか昔に星が何かしでかしたせいで、そういう罰を受けたのですが、どんなことだったのかを知っている星はもういません。そんなわけで、年とった星はぼんやりした目をしてめったに話すこともないのですが（ウインクしてまたたくのが星の言葉です）、若い星たちは遠い昔に何があったのかを知りたくてならないのです。本当のところ、星はピーターに好意を持っていません。いたずら好きのピーターは星の後ろに忍び寄って、光を吹き消そうとしたりするからです。でも、星たちも悪ふざけは大好きなので、この夜ばかりはピーターの味方で、大人たちが早くいなくなってくれればいいのにと思っていました。ですから、ダーリング夫妻が二十七番地の家に到着してドアが閉められるやいなや、天空は大騒ぎになったのです。天の川の中で一番小さな星が叫びました。

「さあ行け、ピーター！」

第3章　いざ、冒険へ！

ダーリング夫妻が家を出てからしばらくのあいだ、三人の子どものベッドのそばに一つずつ置かれた夜の明かりは、あかあかと燃え続けていました。とても立派な夜の明かりたちだったので、そのまま起きていて、ピーターを見ることができたらよかったのにと思わざるを得ません。でも、ウェンディの明かりが目をパチクリさせてから大きなあくびをし、他の二つの明かりもつられたようにあくびをしました。三つとも、開けた口を閉じもしないうちに眠ってしまいました。

部屋には今、別の明かりがありました。夜の明かりよりも千倍も明るい光でした。私たちがこんな話をしているうちにも、その明かりは子ども部屋にある引き出しという引き出しにもぐり込み、衣装だんすを引っかき回し、服のポケットを一つ残らず裏返しました。ピーターの影を探していたのです。本当をいうと、それは明かりではありませんでした。閃光《せんこう》を発しながら高速で飛びまわるので、明かりのように見えるのですが、少しでも停止すると、妖精《ようせい》だとわかりました。見たところ、せいぜいみなさんの手ほどの大きさですが、まだまだ成長の過程にあるのでした。ティンカー・ベルという名前の女の子で、筋だらけの枯葉で作った服をおしゃれに身にまとっていました。襟ぐりが深くて四角にくられた、この透けた服を着ると、ティンカー・ベルの姿はひときわ映えるのでした。いくらか太り気味でしたが。

この妖精が入ってきてからしばらくして、小さな星たちの吹く息によって窓がパッと開き、ピーターが部屋に降り立ちました。ピーターは途中までティンカー・ベルを抱えてきたのです。片手にはまだ妖精の粉がたくさんついていました。

「ティンカー・ベル」子どもたちが眠っていることを確かめると、ピーターは低い声で呼びかけました。「ティンク、どこにいるんだ？」ティンカー・ベルはその時水差しの中に入っているところでした。そこがとても気に入ったのです。なにしろ水差しの中になど、生まれてから一度も入ったことがなかったからです。

「さあ、その水差しからさっさと出て来て、教えてくれ。ぼくの影がどこにしまってあるか、わかったかい？」

金の鈴を鳴らしたような、この上なく美しい音がピーターに答えました。これは妖精の言葉なのです。普通の子どもたちには聞こえませんが、みなさんがもし聞けたとしたら、前に一度聞いたことがある音だとわかるでしょう。

影は大きな箱の中にある、とティンクは言ったのです。つまり、衣装だんすのことでした。ピーターは衣装だんすの引き出しに飛びつくと、中にあるものを手当たりしだいに床にまき散らしました。まるで王様が半ペニー銅貨を群衆に投げあたえるように。ピーターはあっというまに影を取り戻しました。喜びのあまり、ティンカー・ベルを引き出しに閉じ込めてそのまま忘れてしまったほどでした。

もしピーターが何かしら考えたとしたら――私にはピーターがものを考えたことがあるとは思えませんが――自分と影が近づきさえすれば、水滴同士のようにくっつくと考えたことでしょう。しかし、影はくっつかなかったので、ピーターは仰天してしまいました。お風呂《ふろ》から石鹸《せっけん》を取ってきて影をくっつけようとしましたが、それも失敗に終わりました。ピーターはぶるっと身震いしました。それから、床に座り込んで、しくしく泣きだしました。

そのすすり泣く声でウェンディが目を覚まし、ベッドの上に体を起こしました。見知らぬ少年が子ども部屋の床に座って泣いているのを見ても、ウェンディは驚きませんでした。うれしくてわくわくしたくらいでした。

「まあ、あなた」ウェンディは礼儀正しく言いました。「どうして泣いていらっしゃるの？」

ピーターも、いざとなれば、とても礼儀正しくふるまえるのです。妖精の儀式に何度も出席したことがあって、礼儀作法はしっかりと身につけていたからです。ピーターは立ち上がると、優雅にお辞儀をしました。ウェンディはすごくうれしくなって、自分もベッドの上から優雅にお辞儀をしました。

「あなたのお名前は？」ピーターはききました。

「ウェンディ・モイラ・アンジェラ・ダーリングですわ」ウェンディは少し誇らしげに答えました。「あなたのお名前は？」

「ピーター・パン」

ウェンディはこの男の子がピーターにちがいないと確信していましたが、なんだか名前が短くて物足りないように思えました。

「それだけ？」

「そうとも」ピーターは少しむっとして答えました。とはいえ、自分の名前は確かにちょっと短いな、と生まれて初めて感じました。

「ごめんなさい」ウェンディ・モイラ・アンジェラは言いました。

「別にいいよ」ピーターは悔しさをぐっとこらえました。

どこに住んでいるの、とウェンディはききました。

「二つ目を右に曲がったら、そのまま朝までまっすぐ」ピーターは答えました。

「まあ、なんて変てこな住所なの！」

ピーターの気分は沈みました。なるほど、この住所は変てこかもしれないぞ、と生まれて初めて感じたのです。

「いや、変てこじゃないさ」ピーターは言いました。

「そういう意味じゃなくて、つまり」ウェンディは自分が客をもてなす側であることを思い出して、優しい口調で言いました。「それを手紙に書いたら届くのかしら？」

手紙のことなど言わないでくれたらいいのに、とピーターは思いました。

「手紙なんか来ないさ」ピーターはばかにするように言いました。

「でも、お母さんには手紙が来るんじゃない？」

「お母さんなんかいないさ」ピーターは答えました。ピーターには母親がいないばかりか、母親をほしいと思ったことも全然ありませんでした。みんな母親というものをありがたがり過ぎだ、と考えているくらいでした。でも、ウェンディは、自分の目の前にいるのがとても不幸な人間なのだと思ってしまいました。

「そうだったの、ピーター、あなたが泣いていたのもむりないわ」ウェンディはベッドから出ると、ピーターに走り寄りました。

「お母さんのことで泣いてたんじゃないぞ」ピーターは少し憤慨して言いました。「ぼくが泣いていたのは、影をくっつけられないからだ。第一、泣いてなんかいなかった」

「影がとれちゃったの？」

「そうさ」

その時、ウェンディは床に落ちている影に気づきました。影はひきずられてかなり汚れていました。ウェンディはピーターに心から同情しました。「まあ、たいへんだこと！」そう言ったものの、ピーターが石鹼でくっつけようとしていたことに気づくと、つい笑ってしまいました。まったく、男の子ときたら！

幸いなことに、ウェンディにはどうすればいいかすぐにわかりました。「縫わなきゃならないわ」ウェンディはちょっぴりお姉さんぶって言いました。

「縫うって？」ピーターはききました。

「ほんとにおバカさんね」

「いや、ぼくはバカじゃないぞ」

でも、ウェンディにはピーターが何も知らないのがかえってうれしいのでした。

「今すぐ縫ってあげますからね、坊や」背丈は同じくらいなのに、ウェンディはそんなふうに言うと、裁縫箱を取り出し、ピーターの脚に影を縫いつけてやりました。

「たぶん少し痛いわよ」ウェンディはあらかじめ断わっておきました。

「ぼくは泣いたりしないよ」ピーターは言いました。ついさっき泣いていたのに、自分は生まれてから一度も泣いたことがないと、もう本気で思っていたのです。実際、ピーターは歯を食いしばり、少しも泣きませんでした。ほどなく、影はうまくくっつきました。まだいくらか皺《しわ》がありましたが。

「アイロンをかけたほうがよかったかも」ウェンディは思案顔で言いました。でも、ピーターの方はいかにも男の子らしく、見映えなど気にせず、無邪気に大喜びで飛びまわっていました。困ったことに、こんなふうに喜べるのはウェンディのおかげだということをもう忘れてしまっていたのです。自分の力で影をくっつけたと思っているのでした。「ぼくってなんて頭がいいんだ」ピーターは有頂天になって言いました。

「まったく、天才的だ！」

こんなことを認めるのは心苦しいのですが、このうぬぼれこそがピーターの最も魅力的な性質の一つなのでした。包み隠さずに言えば、これほど生意気な男の子はいなかったのです。

ウェンディはそんなピーターの態度に最初あきれてしまいました。「あなたって、うぬぼれやね」ウェンディはたっぷり皮肉をこめて叫びました。「もちろん、わたしは何もしなかったわ！」

「少しはしたさ」ピーターは気にもかけずに言うと、跳ね回り続けました。

「少しね！」ウェンディはツンツンした調子で応じました。「もしわたしがなんの役にも立たないなら、引っ込ませてもらうわ」ウェンディは毅然《きぜん》とした態度でベッドに飛び込むと、毛布で顔をおおってしまいました。

ウェンディに顔を出させようと、ピーターは帰ってしまうふりをしました。この作戦が失敗に終わると、ベッドの端に腰をおろし、足でウェンディをそっとつつきました。「ウェンディ」ピーターは言いました。「引っ込まないで。ぼくはね、ウェンディ、自分がうまくやったと思うと、ついつい得意になってしまうんだよ」それでもウェンディは顔を出そうとしませんでした。一生懸命、耳を傾けてはいましたが。「ウェンディ」ピーターはどんな女の人も抵抗できない声で話を続けました。「ウェンディ、女の子っていうのはね、一人で男の子二十人より役に立つよ」

ウェンディは、まだ大きくはありませんが、あらゆる点でもう女性だったので、抵抗できずに毛布から顔をのぞかせました。

「ほんとにそう思う、ピーター？」

「ああ、思うとも」

「あなたって、すごく優しいのね。それじゃ、また起きることにするわ」ウェンディはきっぱりと言うと、ベッドのわきにピーターと並んで座りました。お望みならキスをあげるとも言いましたが、ピーターは何のことかわからず、何かくれるのだろうと思って手を差し出しました。

「キスがどういうものか知っているわよね？」ウェンディはびっくりしてききました。

「くれれば、わかるさ」ピーターは頑《かたく》なに答えました。ウェンディはピーターの心を傷つけないように指ぬきをあげました。

「それじゃ、今度はぼくがキスをあげようか？」ピーターがそう言ったので、ウェンディは少しとりすまして「あなたがお望みなら」と答えました。ウェンディは少し品がないとは思いましたが、ピーターの方に顔を近づけました。ところが、ピーターはただドングリのボタンをウェンディの手に落としただけだったので、ウェンディはゆっくり顔を元の位置に戻しました。そして、このキスは鎖につけて首にかけることにするわ、と優しく言いました。ウェンディがそのキスを首にかけたのは幸運なことだったのです。なぜなら、それがのちのちウェンディの命を救うことになったからです。

私たちの社会では、人が紹介しあう時、相手の年をきくのが習慣です。だから、どんなこともきちんとやらないと気がすまないウェンディは、ピーターに年はいくつかききました。ピーターにとっては、年をきかれるのはあまりうれしいことではありませんでした。イギリスの王様のことが試験に出ればいいなと思っていたところに、試験用紙に文法問題があったようなものでした。

「さあ、わからないけど」ピーターは困惑したように答えました。「とにかく、かなり若いよ」実際のところ、ピーターには年のことなどわからなかったのです。ただ漠然と覚えていることがあったので、思いきって言ってみました。「ウェンディ、ぼくはね、生まれた日に逃げ出したんだ」

ウェンディはびっくりしましたが、興味しんしんでした。そこで、魅惑的でお上品なしぐさでネグリジェに手を触れることによって、もっと近くに座りなさいなと伝えました。

「お父さんとお母さんが話しているのを聞いたからなんだ」ピーターは低い声で説明しました。「ぼくが大人になったら何になるだろうかってね」今やひどく興奮してきました。「ぼくは大人になんかなりたくないんだ」と、熱をこめて言いました。「いつまでも子どもでいて、おもしろいことをしていたいんだ。だから、ケンジントン公園に逃げて、長いこと妖精たちと暮らしていたのさ」

　ウェンディはそれ以上ないほど感心したまなざしでピーターを見ました。ピーターは自分が逃げ出したからだと思いましたが、実をいえば、ウェンディはピーターが妖精を知っていることに感心したのでした。ごく平凡な家庭で育ったウェンディには、妖精と知り合いであることはとても素適なことに思えたのです。ウェンディは妖精についで質問を連発しましたが、これはピーターにとっては驚きでした。妖精はなにかとピーターを邪魔したりして、むしろ厄介者だったからです。時には、ひっぱたいて言うことを聞かせなくてはならないこともあるくらいだったのです。それでも、ピーターはおおむね妖精に好意を抱いていたので、妖精の起源について話してやりました。

「いいかい、ウェンディ、世界で最初に生まれた赤ちゃんが最初に笑った時、その笑い声が無数に砕け散って、みんな飛び跳ねていったんだ。それが妖精の始まりさ」

　ピーターには退屈な話でしたが、家にばかりいて冒険することもないウェンディは大いに気に入りました。

「そんなわけでね」ピーターは気軽に話し続けました。「男の子だろうと女の子だろうと、どんな子どもにも妖精が一人ずつ付いているはずなんだ」

「付いているはず？　じゃあ、実際はいないの？」

「そうとも。いいかい、最近の子どもは知識が豊富だからね、すぐに妖精を信じなくなってしまうのさ。子どもが『妖精なんか信じない』と言うたびに、どこかで妖精が一人倒れて死ぬんだよ」

本当のところ、ピーターは妖精の話はもうたくさんだと思いました。それに、ティンカー・ベルがやけにおとなしくしていることにふと気づいたのです。「彼女、どこに行っちゃったのかな」ピーターはそう言いながら立ち上がると、ティンクと呼びかけました。ウェンディは急に興奮して胸がわくわくしてきました。

「ピーター」ウェンディはピーターをぐいとつかみながら叫びました。「まさかこの部屋に妖精がいるんじゃないでしょうね！」

「さっきまでここにいたんだよ」ピーターは少しイライラしたように言いました。

「彼女の声、聞こえないよね？」二人とも耳をすましました。

「聞こえるのは鈴の音《ティンクル・オブ・ベルズ》みたいな音だけよ」ウェンディは言いました。

「そう、それがティンクだよ。それが妖精の言葉なのさ。うん、ぼくにも聞こえる」

その音は衣装だんすの中から聞こえました。たちまち、ピーターの顔はうれしそうになりました。ピーターほどうれしそうな顔ができる者はいません。それに、ピーターは世界一かわいらしく喉《のど》を鳴らしながら笑うことができました。赤ちゃんの時に立てた最初の笑い声が、そのまま残っていたのです。

「ウェンディ」ピーターはうれしそうにささやきました。「どうやら引き出しに閉じ込めちゃったみたいだ！」

ピーターはかわいそうなティンクを引き出しから出してやりました。ティンクは逆上してわめきちらしながら、子ども部屋を飛びまわりました。「そんなことまで言うもんじゃない」ピーターは言い返しました。「もちろん、悪かったとは思うけど、おまえが引き出しの中にいるなんてわかりっこないだろ？」

ウェンディはピーターの言うことなど聞いていませんでした。「ああ、ピーター」ウェンディは大声をあげました。「彼女、じっとして、姿をよく見せてくれないものかしら！」

「妖精はじっとしていないものなのさ」ピーターはそう言いましたが、一瞬ウェンディは、神秘的で夢のようなものがハト時計の上に止まるのを見ることができました。

「まあ、かわいいこと！」ウェンディは思わず叫んでしまいました。ティンクの顔はまだ怒りでゆがんでいたのですが。

「ティンク」ピーターはにこやかに言いました。「このレディは、おまえに自分の妖精になってほしいんだってさ」

ティンカー・ベルは横柄《おうへい》な調子で答えました。

「彼女、なんて言っているの、ピーター？」

ピーターは通訳しなくてはなりませんでした。「ティンクはあまりお行儀がよくなくてね。きみが大きくて醜い女の子だって言っている。それに、自分はぼくの妖精だって」

ピーターはティンクを納得させようとしました。「おまえはぼくの妖精にはなれないんだ、ティンク。ぼくは男で、おまえは女なんだから」

ティンクは「このバーカ」と応酬すると、浴室に姿を消してしまいました。「妖精というのはああいうものでね」ピーターはすまなそうに説明しました。「名前はティンカー・ベルというんだ。ティンカーって、ほら、いかけ屋っていう意味さ。彼女、鍋《なべ》や釜《かま》を直すものだからね」

この時にはピーターとウェンディは一緒に肘《ひじ》掛け椅《い》子《す》に座っていました。ウェンディはさらに質問を浴びせました。

「今はもうケンジントン公園に住んでいないなら――」

「まだ時々住んでいるよ」

「でも、主にどこに住んでいるの？」

「迷子《ロスト・ボーイズ》たちと一緒に暮らしているんだ」

「それって誰なの？」

「子守がよそ見をしている時に、乳母車から落ちてしまった子どもたちさ。もし七日以内に引き取り手が現われないと、はるかネバーランドに送られてしまうんだ。経費削減のためにね。ぼくは迷子たちの隊長さ」

「まあ、おもしろそうね！」

「うん」ずる賢いピーターは、すかさず言いました。「でも、ぼくたち、けっこう寂しい思いをしているんだ。なにしろ、ほら、仲間に女の子がいないものだから」

「男の子ばかりなの？」

「そうとも。女の子っていうのは、頭がいいから、乳母車から落ちたりしないのさ」

ウェンディはこれを聞いてご満悦になりました。「まあ、うれしいこと」とウェンディは言いました。「あなたって、女の子のことをすごくほめてくれるのね。そこにいるジョンなんか、女の子をばかにしきっているんだから」

返事をする代わりに、ピーターは立ち上がると、寝ているジョンをいきなり蹴《け》ってベッドから落としてしまいました。毛布もろとも、一蹴りで。初めて会ったばかりにしては少しやりすぎではないかしら、とウェンディは思いました。だから、この家ではあなたは隊長ではないのよ、ときっぱり言ってやりました。でも、ジョンは床の上ですやすやと眠り続けていたので、そのまま寝かせておくことにしました。「あなたが親切のつもりでやったことはわかっているわ」と、ウェンディは気持ちを和らげて言いました。「だから、わたしにキスをくれてもいいわよ」

この時、ウェンディはピーターがキスのことを知らないのを忘れてしまっていたのです。「どうせ返せって言うと思ってたよ」と、ピーターは少し皮肉っぽく言ってから、指ぬきを返そうとしました。

「違う、違う」優しいウェンディは言いました。「キスのことじゃないの。指ぬきのことよ」

「指ぬきって何だい？」

「こういうものよ」ウェンディはピーターにキスをしました。

「変なの！」ピーターはまじめくさった顔で言いました。「じゃあ、今度はぼくが指ぬきをあげようか？」

「お望みなら」ウェンディは、今度は顔をピーターに近づけないで言いました。

ピーターがウェンディに指ぬきをあげるとほとんど同時に、ウェンディがキャーと叫びました。「どうしたの、ウェンディ？」

「誰かがわたしの髪を引っ張ったみたいなの」

「きっとティンクだ。彼女がそこまで悪いことをしたのは初めてだよ」

なるほど、ティンクは攻撃的な言葉を連発しながら、またもや激しく飛びまわっていたのです。

「ウェンディ、ぼくがきみに指ぬきをあげるたびに、同じことをするって、彼女は言ってるよ」

「でも、どうして？」

「どうしてだい、ティンク？」

ティンクはまた「このバーカ」と答えました。ピーターには理由がわかりませんでしたが、ウェンディには理解できました。それから、この時ピーターが打ち明けたのですが、ピーターが子ども部屋の窓までやって来たのはウェンディに会うためではなくお話を聞くためだということだったので、ウェンディは少しがっかりしました。

「あのね、ぼくはお話を何も知らないんだ。迷子たちも、一人もお話を知らないのさ」

「まあ、それはかわいそうに」ウェンディは言いました。

「きみは知ってるかい、どうしてツバメが家の軒下に巣をつくるか？」ピーターはききました。「お話を聞くためなのさ。ああ、ウェンディ、きみのお母さんはきみたちにとても素晴らしいお話をしていたよね」

「どのお話かしら？」

「王子がガラスの靴をはいたレディを見つけられなかった話さ」

「ピーター」ウェンディは興奮して言いました。「それはシンデレラよ。王子様は彼女を見つけられたの。それから、二人はいつまでも幸せに暮らしたのよ」

ピーターはとても喜んで、さっきから二人して座っていた椅子から立ち上がると、急いで窓まで行きました。「どこに行くの？」ウェンディは心配になって叫びました。

「迷子たちに話してやるのさ」

「行かないで、ピーター」ウェンディは心から頼みました。「わたし、いろんなお話を知っているわ」

ウェンディはまさにこう言ったのです。だから、ピーターに誘いをかけたのはウェンディのほうだということは、否定しようがありません。

ピーターは戻ってきました。ピーターの目はもの欲しげに光っていました。ウェンディはそれに警戒すべきだったのですが、警戒しませんでした。

「わたしなら、迷子たちにたくさんお話を聞かせてあげられるわ！」ウェンディは叫びました。すると、ピーターはウェンディの手をつかんで、窓のほうに引っぱり始めました。

「放してよ！」ウェンディはピーターに命じるように言いました。

「ウェンディ、一緒に来て、迷子たちにお話をしてやってくれよ」

もちろん、ウェンディはそんなふうに頼まれてうれしかったのですが、こう言いました。「無理よ、そんなことできない。ママのことを考えて！　それに、わたし、飛べないもの」

「ぼくが教えてあげる」

「ああ、飛べたら、どんなに素晴らしいことかしら」

「風の背に飛び乗る方法を教えてあげる。そうすれば、一緒に飛んで行けるんだ」

「すごい！」ウェンディは興奮して声をあげました。

「ウェンディ、ウェンディ、そんなまぬけなベッドで眠っているあいだに、きみはぼくと一緒に飛びまわれるんだぞ、星たちに冗談を言いながらね」

「すてき！」

「それに、ウェンディ、人魚もいるんだよ」

「人魚ですって！　尻尾《しっぽ》がある？」

「すごく長い尻尾がね」

「まあ」ウェンディは叫びました。「人魚が見られるなんて！」

ピーターは恐ろしいまでにずる賢くなっていました。「ウェンディ、みんな、どんなにきみを尊敬することか」

ウェンディは困ってしまって身をよじらせました。まるで子ども部屋の床になんとか踏みとどまっていようとしているかのようでした。

でも、ピーターは手加減しませんでした。

「ウェンディ」ずる賢いピーターは言いました。「ぼくたちを夜寝かしつけておくれよ」

「どうしよう！」

「ぼくたち、夜一度もお母さんに寝かしつけてもらったことないんだ」

「まあ」ウェンディはピーターのほうに腕を伸ばしました。

「それに、ぼくたちの服を繕ったり、ポケットを作ったりしておくれよ。ぼくたちの服にはポケットが一つもないんだ」

こんな申し出をどうして拒めるでしょうか？　「もちろん、とてもやりがいのあることだわ！」ウェンディは大声で言いました。「ピーター、ジョンとマイケルにも飛び方を教えてくれる？」

「きみがそうしてほしいならね」ピーターはどっちでもいいように答えました。ウェンディはジョンとマイケルのところまで走っていくと、体を揺すりながら、「起きなさい」と叫びました。「ピーター・パンが来ているの。飛び方を教えてくれるんですって」

ジョンは目をこすりました。「それなら、起きるよ」とジョンは言いましたが、おわかりのとおり、もうベッドではなく床の上にいました。「やあ。起きたよ！」

マイケルもこの時にはもう起きていて、六枚刃にノコギリまで付いたナイフのように油断のない顔つきをしていました。でも、そこへピーターが突然、静かにするように合図したのです。四人の顔には、子どもが大人の世界の音を聞こうとじっと耳をすます時に見せる、あのとびきりずるそうな表情が浮かんでいました。あたりは急に静まり返りました。これなら万事、大丈夫。いや、ちょっとお待ちを！　万事、大丈夫じゃありません。夜じゅう悲痛な吠《ほ》え声をあげていたナナが、今は黙っていたのです。子どもたちが聞いたのはナナの沈黙でした。

「明かりを消せ！　隠れろ！　急げ！」ジョンが叫びました。この冒険を通じてジョンが指揮をとったのは、この時一回きりでした。とにかく、そんなわけで、ライザがあわてるナナを制止しながら入ってきた時には、子ども部屋はいつもとまったく変わりなく、真っ暗でした。三人のいたずらな子どもたちが眠りながら天使のように寝息をたてるのが聞こえた、と誰だって誓って言えるくらいでした。実際は、窓のカーテンの陰に隠れて、立ったまま寝息をたてていたのです。

ライザは不機嫌でした。キッチンでクリスマス・プディングを作っているところだったのに、ナナのばかげた疑いのせいで、ほっぺたにレーズンをつけたまま、キッチンから引っぱり出されたからです。ライザは、ナナをおとなしくさせるには、しばらく子ども部屋に連れて行くのが一番だと思ったのです。もちろん、鎖をしっかりつかんで勝手なまねはさせませんでしたが。

「ほら、あんたの取り越し苦労だったのよ」ライザは言いました。ナナが面目を失うのもおかまいなしでした。「なにも異常はないでしょ？　かわいい天使たちはみんなベッドですやすや眠っているわ。あの静かな寝息を聞きなさいな」

ここでマイケルが、まんまとだませたことに調子づいて、ことさら大きな寝息をたてたので、危うく発見されそうになってしまいました。ナナにはこの種の寝息がどういうものかわかっていたのです。ナナは鎖を引っぱってライザから逃れようとしました。

でも、ライザは鈍感でした。「いい加減にしなさい、ナナ」と、うむをいわさぬ口調で言いながら、ナナを部屋から引っぱり出しました。「もしもう一度吠えたら、まっすぐ旦那《だんな》様と奥様のところに行って、パーティから帰ってもらいますからね。そしたら、旦那様はあんたをムチで打つでしょうよ」

ライザはかわいそうな犬をまたつなぎましたが、果たしてナナが吠えるのをやめたと思いますか？　旦那様と奥様をパーティから連れて帰るですって！　そう、まさにそれこそがナナの望みだったのです。お世話している子どもたちが無事でさえあれば、自分がムチで打たれることなんて、ナナが気にしたと思いますか？　残念なことに、ライザはプディング作りに戻ってしまいました。ナナは、ライザの助けを得られないとわかったので、鎖をぐいぐい引っぱって、とうとうちぎってしまいました。そして、次の瞬間には、二十七番地のお宅のダイニングルームに飛び込んで、前足を天に向かって上げていました。ナナが何かを伝えようとする時に使う一番わかりやすい方法です。ダーリング夫妻はすぐに、子ども部屋で何か恐ろしいことが起こっているのを知りました。そして、二十七番地の奥さんにさよならも言わずに、通りに飛び出しました。

しかし、三人の悪者がカーテンの陰で寝息をたてていた時からもう十分もたっていました。ピーター・パンは、十分もあればたくさんのことができるのです。

では、子ども部屋に戻ることにしましょう。

「もう大丈夫さ」ジョンがそう言いながら、隠れ場所から出ました。「ところでさ、ピーター、きみはほんとに飛べるの？」

わざわざ言葉で答える代わりに、ピーターは部屋じゅうを飛びまわり、途中、暖炉の上に乗ったりもしました。

「かっこいい！」ジョンとマイケルは言いました。

「すてき！」ウェンディが叫びました。

「そうとも、ぼくはすてきさ、ああ、すてきなのさ！」ピーターはまたもや調子に乗って言いました。

見るかぎり、飛ぶのはなんでもないことのようだったので、子どもたちは初めは床から、続いてベッドから飛んでみました。でも、いつも上ではなく下に行ってしまうのでした。

「ねえ、どうやって飛ぶの？」ジョンが膝《ひざ》をさすりながら、ききました。ジョンは実践タイプの男の子なのでした。

「ただすごく楽しいことを考えればいいのさ」ピーターは説明しました。「そしたら、空中に浮き上がる」

ピーターはまたやってみせました。

「速すぎるよ」ジョンが言いました。「一度ゆっくりやってみせてくれない?」

ピーターはゆっくりのと速いのと両方やってみせました。「今度はわかったぞ、ウェンディ!」ジョンは叫びましたが、すぐにわかっていなかったとわかりました。三人とも、一センチも飛べませんでした。マイケルでさえ、多少の単語は読めるのに、ピーターはAとZの区別もつかないのです。なのに、飛べるなんて。

もちろん、ピーターは三人をからかっていたのでした。妖精の粉をかけないかぎり、誰も飛べないのですから。幸いにも、前にお話ししたように、ピーターの片手には妖精の粉がたくさんついていました。ピーターがその粉を三人全員にかけてやると、それ以上ないほど素晴らしい結果となりました。

「さあ、肩をこんなふうに揺すって」ピーターは言いました。「そして飛ぶんだ」

子どもたちは三人ともベッドの上に立ちました。勇敢なマイケルがまず飛んでみました。必死に飛ぼうとしたわけではないのに、飛べてしまいました。そして、あっというまに、部屋の向こう側まで運ばれてしまったのでした。

「ぼく、飛べちゃった!」マイケルは宙に浮いたまま、叫びました。

ジョンも飛ぶと、浴室の近くでウェンディと出くわしました。

「ああ、すてき！」

「おお、すごい！」

「ぼくを見てよ！」

「わたしを見て！」

「ぼくを見なよ！」

三人はピーターほどスムーズに飛べず、どうしても足をバタつかせてしまい、頭は天井にコツンコツンとぶつかりました。でも、これほど楽しいことはまずありません。ピーターは初めウェンディに手を貸してやりましたが、やめざるを得ませんでした。ティンクがとても怒ったからです。

子どもたちは上に行ったり下に行ったり、ぐるぐるまわったり、思いのままに飛びました。天国にいるみたい、というのがウェンディの口から出た言葉でした。

「みんな」ジョンが叫びました。「一緒に外に出ようよ！」

もちろん、ピーターはそういうふうに誘導しようともくろんでいたのです。

マイケルはすぐにも飛びたつ気でした。一兆キロ先まで行くのにどれくらい時間がかかるのか、確かめたかったからです。けれども、ウェンディはためらいました。

「人魚がいるぞ！」ピーターは言いました。

「ああ！」

「海賊もいるんだ」

「海賊だって」ジョンがよそゆきの帽子をつかみながら、叫びました。「すぐに行こうよ」

　ダーリング夫妻がナナと一緒に二十七番地の家から急いで出たのは、まさにこの瞬間だったのです。夫妻は通りの真ん中まで走っていくと、子ども部屋の窓を見上げました。ええ、そうです、窓はまだ閉まっていましたが、部屋にはあかあかと明かりが灯《とも》っていました。そして、心臓をワシづかみにされたような思いにさせられたのは、カーテンに、寝間着姿の小さな影が三つ、ぐるぐるまわっているのが映っていることでした。しかも、床ではなく空中を。

　いえ、三つではなく、四つ！

　ダーリング夫妻は震えながら玄関のドアを開けました。お父さんは階段を駆け上がろうとしましたが、お母さんが静かに行くように合図しました。お母さんは自分の心臓さえ静かにさせようとしました。

　二人は果たして間に合うでしょうか？　もし間に合うなら、二人はさぞかし喜ぶことでしょうし、私たちも安堵《あんど》の吐息をつくところなのですが、それではお話が始まりません。反対に、もし間に合わないとしても、最後には万事うまくいことを私は心からお約束します。

　もし小さな星たちが様子を見守っていなかったら、お父さんとお母さんは間に合ったでしょう。でも、星たちはまたもや息を吹いて窓を開け、あの一番小さな星が叫びました。

「気をつけろ、ピーター！」

　ピーターはぐずぐずしている時間がないことを知りました。「さあ、行くぞ」大声で命じるように言うと、すぐに夜空に向かって飛びたちました。ジョンとマイケルとウェンディも後に続きました。

　お父さんとお母さんとナナが子ども部屋に駆け込んだ時には、もう手遅れでした。鳥たちは飛び去ったあとだったのです。

第4章　空を飛んで

「二つ目を右に曲がったら、そのまま朝までまっすぐ」

ネバーランドに行くにはどうしたらいいか、ピーターはウェンディにこんなふうに教えました。けれども、こんな教え方では、鳥でさえ、風の吹きすさぶ角に来るたびに地図とにらめっこしても決してネバーランドを見つけられないでしょう。ピーターは頭に浮かんだ言葉をでたらめに言っただけなのです。

初めのうち、ピーターと旅を共にする者たちは、ピーターを無条件で信頼していました。飛べることがうれしくてたまらず、教会の尖塔《せんとう》やその他気に入った高い建物があれば、なんでもぐるぐるまわっていました。

ジョンとマイケルは、公平なようにマイケルが先にスタートして、どちらが速く飛べるか競いました。

三人の子どもは、ほんの少し前まで、部屋の中を飛びまわれるだけで自分がすごい人間だと考えていたことを恥ずかしく思いました。

そう、ほんの少し前まで。でも、どれくらい前だったのでしょうか？　ウェンディがこんなことを考えて本気で心配しはじめた頃には、みんなはもう海の上を飛んでいました。ジョンはそれが二つ目の海で、三日目の夜だと思いました。

時々暗くなり、時々明るくなりました。とても寒くなったかと思うと、またすごく暑くなりました。三人の子どもはお腹《なか》がへることもありましたが、それは本当だったのでしょうか？　もしかすると、ピーターがおもしろくてユニークな方法で食べ物を持ってきてくれるので、お腹がへったふりをしていただけかもしれません。そのピーターの方法というのは、人間が食べるのにちょうどいい食べ物をくわえている鳥を追いかけて、奪い取ってしまうことでした。すると、鳥たちは、追いかけてきて、奪い返します。そうして、何キロも楽しく追いつ追われつして、最後には、お互いの健闘をたたえあって別れるのでした。でも、ピーターがこんなふうにして食べ物を手に入れることを変だと思っていないようなので、ウェンディはちょっと心配になりました——他にも方法があることを知ってさえいないようなのです。

三人は眠くなりましたが、これは眠そうなふりをしたわけではなく、まちがいなく眠かったのです。それは危険なことでした。というのは、眠ったが最後、落ちてしまうからでした。ひどいことに、ピーターはこれをおもしろがっていたのです。

「ほら、また落ちたぞ！」マイケルがいきなり石のように落ちていった時、ピーターは楽しそうに叫んだのでした。

「助けてやって、マイケルを助けてやって！」はるか下の非情な海を恐怖とともに見やりながら、ウェンディは叫びました。結局のところ、ピーターは空中を急降下して、マイケルが海に激突する直前にキャッチしてくれるのでした。その手際《てぎわ》はあざやかなものなのですが、いつも最後の瞬間まで待つのです。ピーターが興味を持っているのは、自分の腕前を披露することで、人の命を助けることではないように思えてくるほどでした。ピーターはまた飽きっぽいところがありました。何かの遊びに夢中になっていても、急に興味を失ってしまうのです。ですから、この次誰かが落ちたら、ほうっておかれてしまう可能性がなきにしもあらずでした。

ピーターは落ちることなく空中で眠ることができました。ただ、仰向《あおむ》けになって、浮かんでいればいいのでした。でも、これは、一つにはピーターがとても軽いからで、ピーターの後ろにまわって息を吹きかけたら、飛ぶ速度がさらに増すくらいだったのです。

「ピーターにもっと気を使わなきゃだめよ」ウェンディはジョンにささやきました。〝大将ごっこ〟といって、なんでもリーダーのまねをしなくてはいけない遊びをしていた時のことです。

「それじゃ、あんなふうに見せびらかすのはやめろと言ってくれよ」ジョンは言いました。

〝大将ごっこ〟をやっている時、ピーターは海面すれすれを飛び、一匹ずつサメの尻尾《しっぽ》にさわっていったりするのです――まるでみなさんが、通りで鉄柵《てっさく》に指を触れながら前進していくように。ピーターのそんな離れ業は、まねしようとしたってうまくいきっこありません。だから、いかにも見せびらかしているように見えてしまうのです。とりわけ、ピーターが後ろを向いて、三人がいくつ尻尾にさわりそこなうかをチェックしていたりすると。

「ピーターに歯向かったりしてはいけないわ」ウェンディは弟たちに言い聞かせました。「ピーターに置いてきぼりにされたら、どうするつもり？」

「帰ればいいさ」マイケルが言いました。

「ピーターがいなかったら、どうやって帰り道を見つけるの？」

「それなら、このまま進み続ければいい」ジョンが言いました。

「それこそが問題なのよ、ジョン。わたしたち、進み続けるしかないの。だって、止まり方を知らないんだもの」

これはそのとおりでした。ピーターは止まり方を教えるのを忘れてしまっていたのです。

万一の場合はまっすぐ進み続ければいいのさ、とジョンは言いました。世界は丸いのだから、いつか必ず自分の家の窓に戻るはずだ、というわけです。

「誰が食べ物をとってくれるの、ジョン?」

「ぼくはあのワシの口から上手に一切れいただいたよ、ウェンディ」

「二十回やって、やっとね」ウェンディはジョンに思い出させました。「それに、うまく食べ物をとれるようになったとしても、ピーターがそばにいて手助けしてくれなかったら、わたしたち、雲やなんかにぶつかってしまう」

　本当のところ、三人はしょっちゅう何かにぶつかっていたのです。まだ足をついバタつかせてしまうとはいえ、三人はもう力強く飛ぶことができました。でも、前方に雲があったりすると、避けようとすればするほど、ぶつかってしまうのでした。もしナナが一緒にいたら、今頃はマイケルの額に包帯をしてくれていたことでしょう。

　ピーターはこの時、一緒に飛んでいませんでした。三人は自分たちだけで空にいると、どうしても心細くなってしまいました。ピーターは三人よりもはるかに速く飛べるので、急に姿を消してしまい、三人が仲間に加われない冒険をしてくることがあるのです。星に向かって言った冗談がすごくおもしろかったとかで、大笑いしながら降下してきたりしますが、何を言ったかはもう忘れてしまっているのでした。人魚のうろこを体につけたまま上昇してきたりもしますが、これまた、何があったのかをちゃんと話すことができませんでした。人魚を見たことがない子どもたちにとっては、なんとも歯がゆいことでした。

「それに、もしあんなに何でもすぐ忘れてしまうなら」ウェンディは強い調子で言いました。「わたしたちのことだって、いつ忘れてしまうかわからないでしょ」

実際のところ、ピーターは戻ってきた時、三人のことを覚えていないことが——少なくとも、はっきりとは覚えていないことが——一度ならずあったのです。ウェンディはそれを確信していました。ピーターが三人に他人行儀な挨拶《あいさつ》をしてそのまま行ってしまいそうになってから、ハッと誰だか気づいたような表情を目に浮かべたこともあります。一度など、名前を教えなくてはならないこともあったくらいです。

「わたしはウェンディよ」ウェンディはとまどいながら言いました。

ピーターは平謝りして、「あのね、ウェンディ」とささやきました。「ぼくがきみのことを忘れているようだったら、いつも『わたしはウェンディよ』と言ってくれよ。そしたら、思い出すから」

もちろん、これはあまりうれしくないことでした。けれども、お詫《わ》びのしるしとして、ピーターは強い追い風に乗って寝そべったまま進む方法を教えてくれました。これは楽しくて気分転換になったので、数回やってみましたが、こうすると安全に眠れることがわかりました。毎回、本当はもっと長く眠りたかったところなのですが、ピーターがすぐに眠ることに飽きてしまい、隊長然とした声で「さあ、出発するぞ」と叫ぶのでした。とにかく、そんなふうにして、たまにもめ事もありましたが、おおむね仲良くはしゃぎながら、ネバーランドに近づいていきました。というのは、何回も月が出ては消えましたが、最後にはネバーランドに着いたからです。さらに言えば、ずっとまっすぐ進んでいるうちに、着いてしまったのです。たぶん、ピーターやティンクの案内のおかげでたどりついたのではなく、むしろ島の方が探し出してくれたのでしょう。そうでもなければ、この魔法の海岸はとても見つけられません。

「ほら、あそこだよ」ピーターが落ち着いた口調で言いました。

「どこ、どこ？」

「すべての矢が指しているところさ」

なるほど、百万本もの黄金の矢が子どもたちに島を指し示していました。これらの矢を島に向けたのは、子どもたちの友だちの太陽です。太陽は、もうじき夜になって自分は帰ってしまうので、その前にみんなに道を確認してもらおうと思ったのでした。

ウェンディとジョンとマイケルは空中でつま先立ちをして、初めてその島を見ました。不思議なことに、みんな同時にそれこそがネバーランドだとわかりました。そして、ほどなく恐怖に襲われるのですが、それまでは熱烈な挨拶を送っていたのでした。長いこと夢見ていたものにようやくめぐり合えたというのではなく、休暇で故郷に帰って親友に再会したとでもいうように。

「ジョン、あの入江があるわ」

「ウェンディ、見なよ、カメが卵を砂に埋めているよ」

「ねえ、脚の折れたフラミンゴがいるよ、あれ、ジョンのだよね」

「ほら、マイケル、おまえの洞窟《どうくつ》もあるぞ」

「ジョン、茂みの中のあれは何かしら?」

「子どもたちを連れたオオカミだよ。あれがきっとウェンディのオオカミの子だよ」

「ぼくのボートがあるよ、ジョン。わきに穴があいてるやつさ」

「あれは違うよ。おまえのボートはもう燃やしちゃったじゃないか」

「だけど、やっぱりぼくのボートだよ。あれ、ジョン、インディアンのキャンプの煙が見えるよ」

「どこさ？　教えてくれ。煙のあがり方で、戦いに行くところかどうかわかるんだ」

「あそこさ、ミステリアス・リバーの向こう岸」

「ああ、わかった。うん、今まさに戦いに行こうとしているところだ」

ピーターは、三人が島のことをあまりによく知っているので、少し面くらいました。でも、三人を牛耳《ぎゅうじ》りたかったのなら、勝利は目前でした。というのは、私は言いませんでしたか——ほどなく三人に恐怖が襲いかかると？

それが来たのは、黄金の矢が消え、島が闇《やみ》に包まれた時でした。

昔、家にいた時のネバーランドは、寝る時間になると、いつも薄暗く、怖くなってくるのでした。それから、未踏の地があちこちに現われ、広がりました。その中を黒い影がいくつも動きまわりました。猛獣の吠《ほ》え声も、その頃には違って聞こえました。そして、何にもましてまずいのは、自分が勝てるという確信がなくなってしまうことでした。そんなわけで、夜の明かりが灯《とも》されると、うれしくてほっとしたのです。ここにあるのはただの暖炉で、ネバーランドなんて作り話ですよ、とナナに言ってほしいくらいでした。

もちろん、あの頃のネバーランドは作り話だったのです。でも、今は本物でした。夜の明かりはなく、刻一刻と暗くなっていきました。ナナはどこにいるのでしょう？

子どもたちはそれまで離れて飛んでいたのですが、今はピーターのそばに集まっていました。ピーターはもうのんきに構えておらず、目をきらめかせていました。三人がピーターの体にさわるたびに、ピリッとしびれを感じるほどでした。みんなは今、恐ろしい島の上にいました。あまりに低く飛んでいるので、時々、木が足に触れるくらいでした。空中には怖そうなものは見当たりませんでしたが、スムーズに前進できず、四苦八苦するようになってきました。まるで敵の大軍の中を骨折って進んでいるようでした。空中で立ち往生してしまうこともありましたが、そんな時は、ピーターが拳骨《げんこつ》でたたき割ってくれました。

「やつらがぼくらを上陸させまいとしているんだ」ピーターは説明しました。

「やつらって誰?」ウェンディは身震いしながら、小声でききました。

けれども、ピーターは答えられないのか、でなければ、答えるつもりがないのでした。ティンカー・ベルはピーターの肩の上で眠っていましたが、ピーターはティンカー・ベルを起こして先に行かせました。

ピーターは時々、空中に止まり、片手を耳に当ててじっと耳をすますことがありました。それから、ふたたび目をきらめかせて、地面に穴が二つあくのではないかと思えるほど一心に下を見つめるのでした。こうしたことをすますと、また進み始めました。

ピーターには恐ろしいまでに勇気がありました。「今すぐ冒険がしたいかい？」ピーターはジョンにさりげなくききました。「それとも、先にお茶を飲む？」

ウェンディは間髪を入れずに「先にお茶よ」と言いました。マイケルは感謝するようにウェンディの手を握りましたが、少しだけ勇敢なジョンはためらいました。

「どんな冒険？」ジョンは用心深くききました。

「ぼくたちの真下にある大草原に、海賊が一人眠っているのさ」ピーターはジョンに答えました。「もしそうしたいなら、一緒に下に降りて殺そうじゃないか」

「ぼくには見えないよ」ジョンは長いことたってから言いました。

「ぼくには見える」

「もしね、海賊が目を覚ましたらどうするのさ」ジョンの声はいくらかかすれていました。

ピーターは憤然として言いました。「海賊が眠っているすきに殺すと言うんじゃないだろうね！　先に起こしてから殺すんだ。いつもそうしてる」

「へえ！　おおぜい殺しているの？」

「山ほどね」

ジョンは「すごいな」と言いましたが、先にお茶を飲むことにしました。今、島には海賊がたくさんいるのかとジョンはききました。ピーターは、こんなたくさんいるのは初めてだと答えました。

「今の船長は誰？」

「フックさ」ピーターは答えました。その忌《い》まわしい言葉を口にすると、ピーターの顔は険しくなりました。

「ジェームズ・フックのこと？」

「そうとも」

それを聞いて、マイケルが本当に泣きはじめてしまいました。ジョンでさえ、一言話すたびに、ごくりとつばを飲み込むほどでした。なぜなら、フックの評判を知っていたからです。

「やつは海賊〝黒ひげ〟の手下で水夫長だったんだよね」ジョンはかすれた声でささやきました。「あれほどの悪党はいない。『宝島』に出てくる海賊、〝肉焼き《バーベキュー》〟ことジョン・シルバー船長が恐れた唯一《ゆいいつ》の男だ」

「まさにそいつさ」ピーターは言いました。

「どんなやつなの？　大きいの？」

「以前ほど大きくない」

「どういう意味？」

「ぼくが少し切ってやったものでね」

「きみが！」

「そうとも、ぼくがね」ピーターは険しい口調で言いました。

「侮辱するつもりはなかったんだよ」

「ああ、わかってる」

「だけど、少しって、どれくらい切ったの？」

「右手をね」

「それなら、もう戦えないね？」

「いや、戦えるもいいとこさ！」

「左ききなの？」

「右手の代わりに鉄の鉤《フック》をつけていてね。それでズタズタに引き裂くんだ」

「引き裂くだって！」

「あのね、ジョン」ピーターは言いました。

「何？」

「『はい、隊長』って言えよ」

「はい、隊長」

「ぼくの部下になる男の子はだね、全員約束しなくちゃならないことが一つあるんだ」ピーターは話を続けました。「きみも例外じゃない」

　ジョンは青ざめました。

「こういうことだ。もしぼくらがフックと一戦を交えることになったら、ぼくにまかせなくちゃいけない」

「約束します」ジョンは忠実な部下にふさわしい口調で言いました。

　目下のところ、子どもたちはそれほど不気味さを感じませんでした。なぜなら、ティンクが一緒に飛んでいたからです。ティンクの光があれば、お互いの姿がよく見えました。ただ、残念なことに、ティンクはみんなほどゆっくり飛べないので、みんなのまわりをぐるぐる回らなくてはなりませんでした。三人の子どもはまるで後光に包まれて飛んでいるようでした。ウェンディはそれをとても素適だと思いましたが、ピーターはまずいことだと指摘しました。

「ティンクの話ではね」ピーターは言いました。「暗くなる前に、海賊がぼくたちを見つけて、ロングトムを持ち出したんだ」

「大砲のこと？」

「そうだ。もちろん、海賊はティンクの光を見るにちがいない。もしぼくらがティンクの光のそばにいると思ったら、やつら、まちがいなく撃ってくるぞ」

「ウェンディ！」

「ジョン！」

「マイケル！」

「ティンクにすぐに離れるように言って、ピーター」三人は同時に叫びましたが、ピーターは拒みました。

「ティンクの考えでは、ぼくたちは迷子になっている」ピーターはきっぱりと言いました。「それに、ティンクはとても怯《おび》えているんだ。怯えているティンクを一人でどっかに行かせるわけにはいかないだろ！」

一瞬、光の輪が壊れ、何かがピーターを愛をこめてつねりました。

「なら、ティンクに言って」ウェンディは頼みました。「光を消すようにって」

「消せないんだよ。それが妖精《ようせい》にできない唯一のことなんだ。星と同じように、眠ると消える」

「なら、すぐに眠るように言うんだ」ジョンが命令するように言いました。

「眠くならないと、眠れないのさ。それが妖精にできない、もう一つの唯一のことなんだ」

「それこそが、今するに価《あたい》するただ二つのことだとぼくには思えるな」ジョンが不満そうに言いました。

この時ジョンはつねられましたが、これは愛のこもったつねり方ではありませんでした。

「誰かの服にポケットがあったら、ポケットに入れて行けるよ」ピーターは言いました。けれども、大急ぎで出発したので、誰の服にもポケットがありませんでした。

ピーターはいいことを思いつきました。ジョンの帽子です！

ティンクは、もし帽子を手で持ってくれるなら、帽子の中に入って行くのでもいいと同意しました。そこでジョンは帽子をかぶらず、手で持って運びました――ティンクは本当はピーターに持ってもらいたかったのですが。まもなく、帽子はウェンディに渡されました。ジョンが、帽子を持って飛ぶと膝《ひざ》にぶつかると文句を言ったからです。これが、いずれわかりますが、災いを招くことになるのでした。というのは、ティンカー・ベルはウェンディの世話になどなりたくなかったからです。

黒いシルクハットの中に入っているので、ティンクの光はまったく外に漏れませんでした。みんなは無言で飛び続けました。子どもたちがこれほどまでの静けさを体験したのは初めてでした。一度遠くでピチャピチャという音がして、静寂が破られましたが、ピーターの説明では、野生の獣が浅瀬で水を飲んでいる音だということでした。木の枝がこすれ合っているような音も聞こえましたが、ピーターの話によれば、インディアンがナイフを研いでいる音だということでした。

こういう音さえ、じきにやみました。マイケルにとっては、この寂しさは耐えがたいほど恐ろしいものでした。「何か音がしてくれればいいのに！」とマイケルは叫びました。

その時、マイケルの求めに応じるかのように、聞いたことのないほどすさまじいドカーンという音が空気を引き裂きました。海賊たちが大砲をぶっぱなしたのです。その轟音《ごうおん》は山々にこだましました。そのこだまは、「やつらはどこだ、やつらはどこだ、やつらはどこだ？」と荒々しく叫んでいるようでした。

恐怖におののいた三人は、こうして、作り話の島と本物の島の違いをはっきり悟ったのでした。

ようやく空に静けさが戻った時、ジョンとマイケルは自分たちが闇の中に二人だけでいることに気づきました。ジョンはやみくもに空中を歩き、マイケルはどうやって浮かぶのかも知らないまま浮かんでいました。

「撃たれたのか？」ジョンが震え声できききました。

「まだ調べてないよ」マイケルは小声で答えました。

どうやら誰も撃たれなかったようです。でも、ピーターは爆風によって遠く海の方まで運ばれ、ウェンディはティンカー・ベルだけを道連れに空高く吹き飛ばされてしまいました。

もしその時ウェンディが帽子を落としていたら、よかったのですが。

ティンクが急に思いついたのか、それとも、来る途中で計画を練っていたのか、私にはわかりません。とにかく、ティンクは帽子からさっと飛び出ると、ウェンディを破滅へと導きはじめたのです。

ティンクは根っから性格が悪いわけではありません。それどころか、今は全面的に悪くなっていますが、全面的に良い妖精になることもあります。妖精はどっちか一つにしかなれないのです。非常に小さいので、あいにく、一度に一つの感情しか持てないのです。感情を変えることはできますが、まったく違う気持ちになるしかありません。目下のところ、ティンクはウェンディに対する嫉妬《しっと》の気持ちでいっぱいでした。

ティンクが美しい鈴のような声で何を言ったのか、ウェンディはもちろんわかりませんでした。悪い言葉も混じっていたと私は思いますが、親切で言っているように聞こえました。行ったり来たりしながら、「あたしについてきて、そうすれば、万事うまくいくわ」と伝えているように見えました。

かわいそうなウェンディには他にどうすることができたでしょう？　ウェンディは、ピーター、ジョン、マイケル、と順番に呼んでみましたが、あざ笑うようにこだまが返ってくるだけでした。ティンクが大人の女性が抱くような激しい憎しみを自分に向けていることを、ウェンディはまだ知りませんでした。そんなわけで、とまどいながらも、危なっかしくふらふらと飛んで、ティンクのあとについて悲劇的運命へと向かっていったのです。

第5章　本当にあったネバーランド

ピーターが帰ってくるような予感がして、ネバーランドはふたたび目覚めました。もうけっこう前からずっと目覚めていたので、ここは「目覚めていました」と言うべきかもしれませんが、「目覚めました」の方がいい感じだし、ピーターはいつもそんな言葉の使い方をするのでした。

ピーターのいないあいだ、島では何事もおおむね穏やかです。妖精《ようせい》たちは朝一時間寝ぼうし、動物たちはしっかり子どもの世話をし、インディアンたちは六日六晩たらふく食べに食べます。海賊と迷子《ロスト・ボーイズ》たちが出会っても、お互いに相手をバカにし合うだけです。けれども、だらだらと過ごすのが嫌いなピーターが帰ってくると、みんな活動を再開するのです。もしみなさんが今地面に耳を当てれば、島じゅうが活気に満ちて沸きかえっている音が聞こえることでしょう。

この日の夜、島の主な集団の配置がどうなっていたかというと、以下のようです。迷子たちはピーターを探しに出かけ、海賊は迷子たちを探しに出かけ、インディアンは海賊を探しに出かけ、動物はインディアンを探しに出かけていました。みんな島をぐるぐるまわっていましたが、同じスピードで進んでいたので、でくわすことはありませんでした。

迷子たちを除いて、全員血に飢えていました。迷子たちも、いつもなら血を求めるのですが、今夜は隊長を出迎えるために出ていたのです。もちろん、島のこの迷子たちの数は、殺されたりなんかするので、その時々によって違います。それに、大人になりそうだと、これは規則に反することなので、ピーターに間引かれてしまいます。とにかく、この時は、双子を二人と数えて合計六人いました。それでは、サトウキビ畑の中で寝ているふりをして、迷子たちのようすを観察することにしましょう。迷子たちは各自短剣に手をかけ、一列になって忍び足でやってくるはずです。

迷子たちは少しでもピーターに似た格好をすることを禁じられています。だから、自分で殺した熊《くま》の毛皮を着ているのです。それを着た迷子たちときたら、毛むくじゃらで丸々として、うっかりころぶと、ころがってしまいます。そんなわけで、一歩一歩しっかり足を運ぶようになったのでした。

最初に通りかかったのは、トートルズです。この勇ましい一団の中にあって、一番臆病者《おくびようもの》というわけではありませんが、一番不運な男の子とはいえます。他の誰よりも冒険の回数が少ないのでした。なぜなら、トートルズが出かけて角を曲がったとたん、いつも大事件が起こるからです。例えば、今日は穏やかな一日で何事もなさそうだから と、トートルズは薪《たきぎ》に使う木の枯枝でも拾ってこようと出かけます。ところが、帰ってきてみると、他の者たちは戦いを終えて血をぬぐっているという次第です。こうした不運のせいで、トートルズはいつも少し悲しげな表情をしていましたが、ふてくされることもなく、性格は優しくて、迷子たちの中で一番控えめな男の子でした。かわいそうな優しいトートルズよ、今夜はどうやらきみに危機が迫っているようだぞ。くれぐれも、無謀な企てに巻き込まれないように。そんなことを受け入れたら、きみは悲しみのどん底に突き落とされることになる。トートルズよ、妖精のティンクが今夜いたずらを企《たくら》んでいて、手先を探している。ティンクは迷子たちの中できみが一番だましやすいと考えている。ティンカー・ベルに気をつけろ。

私たちの声がトートルズの耳に届いたらいいのですが、私たちは本当はその島にいるのではありません。トートルズはげんこつをかじりながら、通り過ぎていきます。

次にやって来たのはニブズ。明るくて元気のいい男の子です。続いてスライトリー。木で笛を作って、自分で吹きながらうっとり踊ったりする男の子です。スライトリーは迷子たちの中で一番のうぬぼれやといえます。自分が迷子になる前のことを、習慣やしきたりも含めていろいろ覚えていると威張っているのです。鼻がツンとそり返っているのはそのためでしょう。四人目はカーリー。いたずらっ子です。これまでピーターが「これをした者は前に出ろ」と厳しい口調で言った時、カーリーは何度も進み出なくてはなりませんでした。ですから、今では、そうした命令が下されると、やっていようがいまいが、自動的に前に出てしまいます。さて、最後に登場したのは双子。双子のことを説明するのは不可能です。なぜなら、どちらか一人のことを話そうとしても、間違ってもう一人の説明をしてしまうからです。ピーターには双子がどういうものかよくわかりませんでした。しかも、ピーターの部下は、ピーターが知らないことを知るのを許されていなかったのです。そんなわけで、この双子も、いつまでたっても自分たちのことがわからないままでした。双子はいつもすまなそうに一緒にくっついていることによって、精一杯認めてもらおうとしていました。

迷子たちは暗闇《くらやみ》の中に消えていきます。しばらくして、でも、そんなに長く時間がたたないうちに――この島では物事がどんどん進行するので――迷子たちのあとから海賊たちがやって来ます。姿が見えるより先に声が聞こえてくるのです。いつも決まってあの恐ろしい歌です。

止まれや止まれ、オーイ、そこの船、
おれたちゃ海賊、ここらでひと仕事、
弾丸食らってくたばったって、
どうせ地獄でまた会える！

ロンドンのあの名高い処刑場にさえ、これほど極悪非道な連中が吊《つ》るされたことはありません。時々地面に顔をくっつけては耳をすましながら、みんなより少し前を歩いてくるのが、太い腕をむき出しにして、スペイン銀貨の耳飾りをつけた、ハンサムなイタリア人チェッコです。自分の名前をガオの刑務所長の背中に血文字で刻んだ男です。チェッコの後ろから来る巨大な黒人は、昔の名前を捨てて以来何度も名前を変えていますが、その昔の名前はいまだに黒人の母親たちがグアジョモ川の岸で子どもたちを脅すのに使われています。続いて、全身イレズミだらけのビル・ジュークス。ウォルラス号の船上でフリント船長から七十回あまりもムチ打ちされてから、やっとポルトガル金貨の袋を渡したあのビル・ジュークスです。お次は、ブラック・マーフィーの弟と言われている（証拠はありませんが）クックソン。それから、紳士のスタートキー。上流階級の子息が通うパブリック・スクールで教頭先生をしていたことがあるので、今でも殺し方に上品さがあります。さらに、スカイライツ（有名な海賊モーガンの手下のスカイライツです）。そして、アイルランド人の水夫長のスミー。妙に優しい男で、怒りを買うことなく人を刺し殺せたといいます。フックの手下の中ではただ一人の非国教徒でした。それから、手が逆向きについているヌードラー。そして、ロバート・マリンズやアルフ・メーソンなど大勢の無法者。いずれもカリブ海で昔からよく知られ、恐れられてきた男たちです。

この連中の真ん中に、黒い台座にはめ込まれた世界一黒くて大きな宝石よろしく横たわっているのが、ジェームズ・フック――本人の署名によればジャス・フック――でした。〝海の料理番《シーコック》〟とも呼ばれた大海賊ジョン・シルバーが恐れた唯一《ゆいいつ》の男だと言われています。フックは、手下たちが引いている粗い作りの二輪戦車の中にゆったりと寝そべっていました。右手の代わりに鉄の鉤《フック》をつけていましたが、時々その鉤《かぎ》を振り上げては、もっと速く進めと手下たちにハッパをかけていました。この恐ろしい男は手下を犬のように扱ったり命じたりし、手下は犬のように従っていました。体は骸骨《がいこつ》のようにやせこけ、顔は浅黒く、長く伸ばした髪はカールさせていましたが、少し離れて見ると、黒いロウソクのように見えました。そのせいで、元々はハンサムなのに、異様に恐ろしい顔に見えるのでした。目は忘れな草の小花のような青色で、深い憂《うれ》いを帯びていましたが、人の体に鉄鉤を突き刺す時だけは、赤い点が現われ、恐ろしいまでに光るのでした。態度に関しては、貴族のような雰囲気が今なお漂っていました。そのため、人を引き裂く時でも、ちょっと気取って上品にやりました。私が聞いたところでは、フックはまた評判の話し上手だということです。フックはひときわ慇懃《いんぎん》にふるまう時ほど危険きわまりないのですが、そんな態度をとることこそが、フックの育ちの良さを示しているといえるでしょう。悪態をついている時でさえ、どこかしら優雅な口調が残っていて、気品のある物腰とともに、手下とは違う階級の出であることを物語っていました。不屈の勇気を持つ男、ジェームズ・フックがただ一つ怖いのは自分の血を見ることだけだ、と言われていました。その血は濃く、異常な色をしていたのです。服装については、どことなくチャールズ二世を連想させるような衣装を身につけていました。海賊を始めた頃、あの不運なスチュアート家の王様に妙に似ていると言われたからです。口には、自ら考案したパイプをくわえていました。一度に二本の葉巻が吸えるパイプです。しかし、一番不気味なのが何かといえば、まちがいなく鉄の鉤爪《かぎづめ》でした。

では、ここで、フックのやり方をお見せするために海賊を一人殺してみましょう。スカイライツがいいでしょう。海賊たちが通り過ぎる時、スカイライツはぶざまによろめいてフックにぶつかり、フックのレースのカラーをくしゃくしゃにしてしまいます。鉄鉤がさっと前に伸び、何かが引き裂かれる音がして、悲鳴が一つ。それから、死体がわきに蹴《け》られます。海賊たちはそのまま通り過ぎます。フックは口から葉巻をとりさえしません。

ピーター・パンが戦うのは、このような恐ろしい男なのです。どちらが勝つでしょうか？

海賊たちのあとを追い、不慣れな者には見えない出陣の道をいざ戦わんと音もなくやってくるのは、アメリカ・インディアンです。全員油断なく警戒し、戦斧《いくさおの》やナイフを手に持ち、裸の体は絵の具や油で光っています。体のまわりには、頭の皮がずらりとぶら下がっています――海賊のものばかりでなく、迷子のものまでも。というのは、これはピカニニ族で、もっと情け深いデラウェア族やヒューロン族とごっちゃにされないようにそうしているのです。四つんばいになって先頭を行くインディアンは、偉大な大きな小さなヒョウ《グレート・ビッグ・リトル・パンサー》。勇敢な戦士で、頭の皮をたくさんつけていますが、今の姿勢では、頭の皮が邪魔になってスムーズに進めません。最も危険なしんがりを務めているのは、生まれながらの王女にふさわしく誇らしげに胸をそらしたタイガー・リリーです。タイガー・リリーは褐色の肌の狩の女神《ダイアナ》の中で一番美しい女性で、男にこびを売ったかと思うと、急に冷たくなったり、かと思うと今度は色目を使ったり、というピカニニ族きっての美人です。このむら気な王女を妻にしたいと思わぬ勇士はいませんが、タイガー・リリーは手斧を振るって求愛をはねつけてしまうのです。さて、インディアンたちをごらんなさい。落ちた小枝の上を少しも音を立てずに進んでいきます。聞こえるのは、いくらか荒い息遣いだけです。実をいうと、たらふく食べたばかりで、全員少し太ってしまっているのです。もっとも、こうして体を動かしているうちに元に戻るでしょう。ただし、今のところ、この脂肪の多いことがインディアンを大きな危険にさらしています。

インディアンたちは、来た時と同様、影のように消えていきます。ほどなく、インディアンに代わって、動物が現われます。種々雑多な動物が長い列をなして行進してくるのです。ライオン、トラ、クマ。それから、普通ならこれらの猛獣から逃げるはずの小動物も無数にいます。なぜかといえば、この恵まれた島では、あらゆる動物が——とりわけ、人食い動物が、仲良く暮らしているからです。動物たちは舌を垂らしています。今夜は腹ペコなのです。

この動物たちが通過すると、最後の役者がやってきます。巨大なワニです。彼女が誰を探しているのかは、いずれわかることでしょう。

ワニは通り過ぎますが、まもなく、迷子たちがまた現われます。というのは、この行列は、どれか一つのグループが止まるか歩調を変えないかぎり、いつまでも続くしかないからです。でも、ひとたびペースが崩れれば、くんずほぐれつの取っ組み合いです。

全員、前方は油断なく見張っていますが、背後から危険が忍び寄ってこようとは誰も思っていません。こんなことからも、この島がいかに本物であるかがわかります。

ぐるぐる回る輪から最初に脱落したのは、迷子たちでした。自分たちの地下の家の近くにある草っぱらに身を投げ出したのです。

「ピーターが帰ってきたらいいのになあ」全員が不安そうに言いました。みんな、あの隊長よりも背が高く、横幅も当然上まわっていたのですが。

「海賊が怖くないのは、このぼくだけだな」スライトリーがみんなの反感を買いそうな口調で言いました。でも、どうやら、遠くから聞こえた音で心配になったようです。というのは、あわてて付け加えたからです。「だけど、ピーターが帰ってくればいいな。シンデレラの話の続きを聞いたかどうか、教えてほしいよ」

迷子たちはシンデレラの話をしました。トートルズは、ぼくのお母さんは絶対にシンデレラにそっくりだったよ、と言いました。

迷子たちが母親のことを話せるのは、ピーターがいない時だけでした。母親の話はピーターがばからしいと言って禁じていたのです。
「お母さんのことでぼくが覚えているのはね」ニブズが話しました。「お父さんに『ああ、わたしにも小切手帳があればいいのに』とよく言ってたことだけだよ。小切手帳って何なのか知らないけど、ぼく、お母さんにプレゼントしたいものだよ」
話しているうちに、遠くから音が聞こえました。みなさんや私は、森の野生の生き物でないので、何も聞こえなかったでしょうが、迷子たちには聞こえたのです。あの不気味な歌でした。

エンヤホイサ、海賊様のお通りだ、
旗にゃ髑髏《どくろ》と骨二本、
愉快に暮らして、首吊るされて、
いつか海の墓場行き。

たちまち、迷子たちは——はて、どこに行ってしまったのでしょう？　もうそこにはいません。ウサギだって、そんなに早く姿を消せなかったでしょう。

では、私が迷子たちの居場所をお教えしましょう。偵察のために駆け去ったニブズは別として、迷子たちはもう地下の家に入っているのです。とても快適な住みかで、私たちもまもなくじっくり見ることになります。でも、どうやってそこに入ったのでしょう？　というのは、入口が見当たらないからです。どかすと洞穴の入口が現われるような、柴《しば》の束さえもありません。けれども、よく見ると、ここには大きな木が七本立っていることに気づくでしょう。どの木の幹も空洞であるうえ、迷子一人が通れる大きさの穴があいています。これこそが地下の家への入口で、木の数の分、つまり七つあるのです。フックは何か月も迷子たちの家を探していたのですが、徒労に終わっていました。今夜こそ見つけるでしょうか？

海賊たちが進んできた時、めざといスターキーが、森の中に姿を消していくニブズを見つけました。スターキーはすぐさまピストルを抜きました。でも、その時、鉄の鉤爪がスターキーの肩をつかんだのです。

「船長、放してくれよ」スターキーは身をよじりながら叫びました。

ここで初めてフックの声が聞けます。それは邪悪な声でした。「まず、そのピストルをしまうのだ」と、脅すように言いました。

「船長が嫌いなガキどもの一人だったんですぜ。せっかく撃ち殺せたところなのに」

「そうとも。そしてだな、その音を聞いたら、タイガー・リリーのインディアンたちが襲ってきたことだろう。きさまは頭の皮をはがされたいのか？」

「あっしがあとを追いましょうか、船長？」感情にかられたスミーがききました。「ジョニー・コークスクリューでちょこっとくすぐってやりましょうかね？」スミーは何にでも愉快な名前をつけていました。〝ジョニー・コルク栓抜き《コークスクリュー》〟とは、スミーの短剣でした。相手を刺して、コルク栓抜きのようにねじ込むからです。スミーには愛すべき特徴がたくさんあります。例えば、人を殺したあとで、拭《ふ》くのは剣ではなくメガネなのでした。

「ジョニーは無口なやつですぜ」スミーはフックにわかってもらおうと言いました。

「今はいかん、スミー」フックは険悪な口調で言いました。「あいつは一人だけだ。わたしは七人全員をまとめて片づけたいのだ。散らばって、やつらを探せ」

海賊たちは木々のあいだに消えていき、そこにいるのは船長とスミーの二人だけになりました。フックは大きなため息をつきました、私にはその理由がわかりません。その夜のセンチメンタルな美しさのためだったのかもしれません。フックとしては、とにかく、忠実な水夫長にどうしても身の上話をしたくなったのでした。フックは長いこと熱心に語りました。でも、少々頭の鈍いスミーには、何の話なのかまったくわかりませんでした。

　そのうち、スミーはピーターという言葉を耳にしました。

「中でもな」フックは熱のこもった口調で言いました。「わたしがしとめたいのは、やつらの隊長のピーター・パンだ。やつこそが、わたしの片手を切り落としたのだからな」フックは脅すように鉄鉤を振りかざしました。「この鉄鉤でやつと握手する時が来るのを長年待ちわびていたのだ。ああ、やつを引き裂いてやるとも」

「ですがねえ」スミーは言いました。「船長はその鉄鉤がただの手より何十倍も役に立つって言ってるじゃねえですか。髪を梳《と》かしたり、あれこれ作業をしたりするのにちょうどいいって」

「そうとも」船長は答えました。「もしわたしが母親なら、手の代わりに鉄鉤のついた子どもが生まれるように願うだろう」フックは鉄の手を誇らしげに見て、もう一方の手には軽蔑《けいべつ》の視線を向けました。それから、また顔をしかめました。

「ピーターはわたしの手をワニにあげてしまったのだ」フックはたじろぎながら言いました。「たまたま通りかかったワニにな」

「そういやあ」スミーは言いました。「船長は妙にワニを怖がりなさいますな」

「ワニが全部怖いのではない」フックはスミーの間違いを正しました。「怖いのはあの一匹だけだ」フックは声を落としました。「あいつはわたしの手がとても気に入ったのだ、スミー。だから、あれ以来ずっと、海から海へ、陸から陸へ、わたしを追いかけ続けておる。わたしの他の部分も食おうと舌なめずりしながらな」

「見方によっちゃ」スミーは言いました。「船長に好意を持ってくれてるわけで」

「そんな好意などいらん」フックは不機嫌になって吠《ほ》えるように言いました。「わたしがほしいのはピーター・パンだ。あのケダモノにわたしの味を教えたやつだ」

フックは大きなキノコの上に腰をおろしましたが、その声は震えてきていました。「スミー」と言った声は、かすれていました。「あのワニは今頃もうわたしを食ってしまっていてもおかしくないのだが、幸運にも、時計を飲み込んでくれてな。それがあいつの体の中でチクタク鳴っておる。おかげで、あいつに追いつかれる前に、チクタクという音が聞こえるので、わたしは逃げられるって寸法だ」フックは声を立てて笑いましたが、空《うつ》ろな笑い声でした。

「いつかですね」スミーは言いました。「その時計は止まっちまいますぜ。そしたら、船長はワニに捕まるってわけだ」

フックは乾いた唇を舌でなめました。「そうとも。そのことでわたしは不安にさいなまれておるのだ」

腰をおろした時から、フックは妙に暖かいなと思っていたのです。「スミー、この腰かけは熱いぞ」フックは飛び上がりました。「うおーっ、しまった、ちくしょう。燃えそうだ」

二人はキノコを調べました。大きさも固さも、イギリス本土では見られない種類のキノコでした。引っぱってみると、あっというまに抜けました。根がなかったからです。さらに奇妙なことに、そこから煙が立ち昇りはじめたのです。二人の海賊は顔を見合わせ、「煙突だ！」と同時に叫びました。

二人が発見したのは、地下の家の煙突でした。迷子たちは、敵が近くにいる時は、キノコで煙突を隠すことにしていたのです。

そこからは煙が出てくるだけではありませんでした。子どもたちの話し声も聞こえたのです。というのは、その隠れ家の中にいれば安全だと思っていたので、迷子たちは陽気におしゃべりしていたからです。二人の海賊は、いかめしい顔をして耳を傾けました。それから、キノコを元のところに戻しました。二人はあたりを見回し、七本の木に穴があることに気づきました。

「ピーター・パンが出かけてると言ったのは聞きやしたかね」スミーはジョニー・コークスクリューをいじくりながら、ささやきました。

フックはうなずきました。しばらく立ったまま考えにふけっていましたが、やがて、浅黒い顔にぞっとするような笑みが浮かびました。スミーはそれを待っていたのです。「何をもくろんでるのか聞かせてくだせえよ、船長」スミーははやる気持ちを抑えきれずに叫びました。

「船に戻るのだ」フックはすごみのある声でゆっくり答えました。「そしてな、緑色の砂糖をまぶした、大きくて分厚い、こってりとしたケーキを作るのだ。どうせこの下には一部屋しかないはずだ。煙突が一つしかないからな。愚かなモグラどもは、わざわざ一人ずつ別のドアを作る必要などないことがわからなかったのだ。どうやら母親がいないようだな。我々は人魚の入江の岸にケーキを置いておく。あのガキどもはいつもあの辺で泳いで、人魚たちと遊んでおる。ケーキを見つけて、むさぼり食うだろう。母親がおらんから、こってりしっとりしたケーキを食べるのがどれだけ危険なことかを知らんのだ」フックはいきなり大声で笑い出しました。もはや空ろな笑い声ではなく、正真正銘の笑い声でした。「ハハハ、これでやつらもあの世行きだ」

スミーは話を聞くうちに、すっかり感服してしまいました。

「こんなに悪どくてシャレたやり方を聞いたのは初めてですぜ」スミーは大声で言いました。二人はうれしさのあまり、踊りながら歌いました。

止まれや止まれ、そこの船、
おれの顔見りゃ、みんな恐怖のどん底よ。
フックの鉤爪と握手したら
あとにゃ骨しか残らない。

二人は歌いはじめましたが、終わりまでいきませんでした。別の音が割り込んできて、二人を黙らせたからです。初めのうちは小さな音で、木の葉が一枚落ちただけでかき消されそうなほどかすかな音でしたが、近づくにつれ、はっきり聞こえてきました。

チクタク、チクタク。

フックは片足を宙に浮かせたまま、身を震わせました。

「あのワニだ」フックはあえぎながら言うと、あたふたと逃げ出しました。水夫長もあとに続きました。

本当にあのワニでした。他の海賊のあとをつけているインディアンを追い越してきたのです。そして、フックにじわじわと近づいていたのでした。

迷子たちはまた外に出てきました。けれども、夜の危険はまだ去っていませんでした。というのは、まもなく、ニブズがオオカミの群れに追われ、息を切らしながら迷子たちの中に駆け込んできたからです。追っ手のオオカミたちは、だらりと舌を垂らしていました。恐ろしい吠え声をあげました。

「助けて、助けて！」ニブズはそう叫びながら地面に倒れこみました。

「でも、どうすればいい、どうすればいい？」

このような恐怖の瞬間に、迷子たちがいっせいにピーターのことを考えたのは、ピーターにとって光栄の至りといえました。

「ピーターなら、どうするだろう？」みんなは同時に叫びました。

間髪をいれず、付け加えました。「ピーターなら、股《また》のあいだからやつらを見る」

それから、「じゃあ、ピーターがやるようにやろう」

オオカミと戦って勝利をおさめるにはそれが一番いい方法なのでした。迷子たちは一せいに身をかがめ、股のあいだから覗《のぞ》きました。次の瞬間はとても長く感じられましたが、勝利はすぐにやってきました。迷子たちがこの恐ろしい姿勢でオオカミの群れに向かって前進していくと、オオカミたちは尻尾《しっぽ》を巻いて逃げ出したからです。

ようやくニブズは、地面から立ち上がりました。ニブズが何かをじっと見ているので、他の男の子たちはニブズがまだオオカミを見ているのだと思いました。でも、ニブズが見ているのはオオカミではなかったのです。

「ふしぎなものを見たんだ」ニブズが大声で言うと、他の男の子たちは何事かとまわりに集まりました。「大きな白い鳥さ。こっちに飛んでくる」

「なんという鳥だい？」

「さあ、わからない」ニブズは何かを恐れているように答えました。「だけど、すごく疲れてるみたいでね。『かわいそうなウェンディ』ってうめきながら、飛んでるんだ」

「かわいそうなウェンディだって？」

「思い出したよ」スライトリーがすかさず言いました。「ウェンディっていう鳥がいるのさ」

「ほら、やってくるぞ」カーリーが上空のウェンディを指さしながら叫びました。

ウェンディはほとんど真上まで来ていたので、悲しげな泣き声が聞こえました。でも、もっとはっきり聞こえたのは、ティンカー・ベルの甲高い声です。嫉妬《しっと》に燃えたその妖精《ようせい》は、友情の仮面を脱ぎ捨て、四方八方から彼女の餌食《えじき》に飛びかかり、ぶつかるたびにチクリとつねっていました。

「やあ、ティンク」迷子たちは不思議に思いながら、叫びました。

ティンクの返事が鳴り響きました。「ピーターがあなたたちにウェンディを射落としてほしいんですって」

ピーターの命令とあらば、迷子たちは何の疑問も感じずに実行するしかありませんでした。「ピーターの望みどおりにしよう」単純な男の子たちは言いました。「急げ、弓と矢だ」

トートルズを除いて全員が、木の穴に飛び込んで降りていきました。トートルズはもう弓と矢を持っていたのです。それに気づいたティンクは、小さな手をこすり合わせました。

「さあ早く、トートルズ、早く」ティンクは金切り声をあげました。「ピーターが喜ぶわよ」

トートルズは意気込んで弓に矢をつがえました。「どけ、ティンク」と叫ぶと、矢を放ちました。ウェンディは胸に矢をくらって、手足をバタバタさせながら地面に落ちてきました。

第6章　ウェンディの小さな家

愚かなトートルズが、征服者のようにウェンディの死体を見下ろしているところへ、他の男の子たちが武器を持って各自の木から飛び出してきました。

「みんな、もう遅いよ」トートルズは得意げに言いました。「ぼくがもうウェンディをしとめちゃったよ。ピーターはさぞかし喜んでくれるだろうな」

頭上でティンカー・ベルが「バーカ!」と叫び、さっと姿を隠してしまいました。迷子たちにはその声は聞こえませんでした。みんなはウェンディのまわりに集まっていました。ウェンディを見つめているあいだ、森は恐ろしいほど静まり返っていました。もしウェンディの心臓が鼓動を打っていたら、全員聞くことができたでしょう。

スライトリーが最初に口を開きました。「これは鳥じゃないぞ」と、怯《おび》えた声で言いました。「きっと女の人だ」

「女の人だって?」トートルズはそう言うと、ぶるぶる震えだしました。

「ぼくたちが殺しちゃったんだ」ニブズがしゃがれ声で言いました。

迷子たちはそろって帽子を脱ぎました。

「わかったぞ。ピーターがぼくたちのとこに連れてくるところだったんだよ」カーリーはそう言うと、悲しそうに地面に身を投げました。

「ぼくたちの世話をしてくれる女の人がやっと見つかったのに、おまえが殺しちゃったんだ」双子の片方が言いました。

みんなはトートルズをかわいそうだと思いましたが、自分たちの方がもっとかわいそうだと思いました。ですから、トートルズが一歩近づくと、みんな顔をそむけました。

トートルズの顔は真っ青でしたが、態度にはこれまでなかった重々しさがありました。

「ぼくがやったんだ」トートルズはよく考えながら言いました。「女の人が夢に出てきた時、ぼくは『きれいなお母さん、きれいなお母さん』といつも言ったものだよ。なのに、お母さんが本当にやって来た時、ぼくは射落としてしまった」

トートルズはゆっくり立ち去っていきました。

「行くなよ」みんなはかわいそうになって呼びとめました。

「いや、行く」トートルズは震えながら言いました。「ピーターが怖いんだ」

ある声が聞こえたのは、まさにこの悲劇の真っ最中でした。その声を聞いたとたん、みんなの心臓は口から飛び出さんばかりになりました。鶏が時をつくる、コケコッコーというようなピーターの声が聞こえたのです。

「ピーターだ！」みんなは叫びました。ピーターは帰ったことをいつもそうして知らせるからです。

「死体を隠せ」みんなは小声で言うと、急いでウェンディのまわりに集まりました。けれども、トートルズだけは離れたところに立っていました。

ふたたび、鶏が時をつくるような声が響きわたり、ピーターが迷子たちの前に降り立ちました。「ごきげんよう、諸君」とピーターが叫ぶと、迷子たちは機械的に挨拶《あいさつ》し、また黙り込んでしまいました。

ピーターは顔をしかめました。

「ぼくが帰ってきたんだぞ」ピーターは怒って言いました。「どうして歓声をあげないんだ？」

迷子たちは口を開けましたが、歓声は出ませんでした。ピーターはそのことは大目に見ることにしました。一刻も早く、素晴らしいニュースを発表したかったからです。

「重大ニュースがあるんだ、諸君」ピーターは大声で言いました。「ついにみんなのお母さんを連れてきたんだ」

それでもまだ誰も声を出しませんでした。トートルズが膝《ひざ》をついて、どさっという音を立てただけでした。

「誰かその人を見なかったか？」ピーターは不安になってききました。「こっちの方に飛んできたんだが」

「ああ、なんてことだ」一人が言いました。もう一人が「ああ、なんて悲しい日なんだ」と言いました。

トートルズが立ち上がると、「ピーター」と静かに言いました。「ぼくがその人を見せてあげるよ」他の者がまだ隠そうとしていたので、トートルズは言いました。「後ろに下がれ、双子、ピーターに見せるんだ」

そこで、みんなは後ろに下がり、ピーターに見せました。ピーターはしばらく見ていましたが、どうしたらいいかわかりませんでした。

「死んでる」ピーターは落ち着かないようすで言いました。「驚いているだろうな、死んでしまって」

ピーターは、そこからおどけて立ち去って、ウェンディの姿が見えないところまで行き、二度とここに近づくのはやめようかと思いました。ピーターがそうしていたら、みんな喜んであとについて行ったことでしょう。

でも、矢が突き刺さっていたのです。ピーターはウェンディの心臓から矢を抜くと、迷子たちの方を向きました。

「誰の矢だ?」ピーターは険しい口調でききました。

「ぼくのだよ、ピーター」トートルズがひざまずいて言いました。

「この卑劣漢め」ピーターはそう言うと、矢を振り上げて、短剣の代わりにしようとしました。

トートルズはたじろぎませんでした。胸をはだけ、「突き刺して、ピーター」と、きっぱりと言いました。「まっすぐ突き刺して」

ピーターは二度矢を振り上げましたが、二度とも降ろしてしまいました。「突き刺せない」と、厳粛な様子で言いました。「何かがぼくの手を止めているんだ」

ニブズを除いて、みんな驚いてピーターを見ました。ニブズだけは、幸運にも、ウェンディを見たのです。

「この人だけど」ニブズは大声をあげました。「ウェンディという女の人。見て、この人の腕を」不思議なことに、ウェンディが片手をあげていたのです。ニブズはウェンディの上にかがみこみ、うやうやしく耳を傾けました。「この人、『かわいそうなトートルズ』と言ったみたいだよ」と、小声で言いました。

「生きてるんだ」ピーターは短く言いました。

スライトリーが即座に叫びました。「ウェンディって人は生きてる」

それから、ピーターはウェンディのそばに膝をつきました。すると、ピーターが出発前にあげたドングリのボタンが見つかったのです。みなさんは、ウェンディがそのボタンを首の鎖につけたのを覚えていることでしょう。

「ほら、見てみろ」ピーターは言いました。「矢はこれに当たったんだ。ぼくがあげたキスなのさ。このキスが命を救ったんだ」

「キスなら覚えてるよ」スライトリーが急いで口をはさみました。「ちょっと見せて。そうそう、これがキスさ」

ピーターは聞いていませんでした。ウェンディに早くよくなっておくれよ、そしたら、人魚を見せてあげるから、と必死に言っていたのです。もちろん、ウェンディはまだ気を失ったままだったので、答えられませんでした。でも、頭上から、嘆き悲しむような声が聞こえました。

「ティンクの声だ」カーリーが言いました。「ウェンディが死ななかったんで、泣いてるぞ」

そこで、迷子たちはピーターにティンクの悪事を話さなくてはなりませんでした。ピーターがそれほど険しい顔をしたのは初めてといえました。「いいか、ティンカー・ベル」ピーターは大声で言いました。「ぼくはもうおまえの友だちじゃない。永久にここから立ち去れ」

ティンクはピーターの肩まで飛んできて、許しを請《こ》いましたが、ピーターはティンクを払いのけてしまいました。その時、ウェンディがまた手を上げたので、ピーターは心を和らげ、「いや、永久じゃなくてもいい。一週間だ」と言いました。

ティンカー・ベルが手を上げてくれたウェンディに感謝したと思いますか？　いいえ、とんでもない。逆に、この時ほどウェンディをぎゅっとつねってやりたいと思ったことはないのです。妖精《ようせい》というのは、実に奇妙で厄介なもの。誰よりも妖精の扱いに詳しいピーターは、しばしば平手打ちを食らわしていたくらいです。

ところで、現在容体が芳《かんば》しくないウェンディをどうしたらいいでしょう？

「家の中に運ぼうよ」カーリーが提案しました。

「賛成」スライトリーが言いました。「女の人にはそうするものさ」

「いや、だめだ」ピーターは言いました。「体に触れてはいけない。そんなことは失礼だ」

「そうとも」スライトリーは言いました。「ぼくもそう思ってたのさ」

「だけど、このまま横たわっていたら」トートルズが言いました。「死んでしまうよ」

「賛成、死んでしまうよ」スライトリーは認めました。「だけど、他に方法がないんだ」

「いや、あるさ」ピーターが叫びました。「ウェンディのまわりを囲って、小さな家を作ろう」

みんな大喜びしました。「急げ」ピーターは命令しました。「みんな、自分が持っている一番いいものを持ってくるんだ。家じゅうくまなく探せ。さあ、ぼやぼやしてるんじゃない」

またたくまに、迷子たちは結婚式の前夜の仕立て屋のように忙しくなりました。あちこち走りまわり、寝具をとりに下に降りたり、薪《たきぎ》をとりに上に登ったりしました。そうこうしているうちに、なんとそこに、誰あろうジョンとマイケルが現われたのでした。足を引きずって歩いては、そのまま眠りに落ち、立ちどまり、目をさまし、また一歩進み、また眠ってしまうという具合でした。

「ジョン、ジョンったら」マイケルは何度も叫びました。「目をさましてよ。ナナはどこにいるの、ジョン？　お母さんは？」

すると、ジョンは目をこすってつぶやくのでした。「本当だ。ぼくたちは飛んだんだ」

二人がピーターを見つけてほっとしたことは間違いありません。

「やあ、ピーター」二人は言いました。

「やあ」二人のことは忘れてしまっていたのですが、ピーターは愛想よく応じました。その時は、家をどれくらいの大きさにするか決めるために、ウェンディの身長を足で測るのに大忙しでした。もちろん、椅子《いす》やテーブルを置くスペースも確保するつもりでした。ジョンとマイケルはピーターをじっと見守りました。

「ウェンディは寝ているの？」二人はききました。

「そうさ」

「ジョン」マイケルが提案しました。「ウェンディを起こして、夕ごはんを作ってもらおうよ」でも、マイケルがそう言っている時、他の男の子が何人か、家を建てるのに使う木の枝を大急ぎで運んできました。「あれを見てよ！」とマイケルは叫びました。

「カーリー」ピーターがとりわけ隊長らしい声で言いました。「この男の子たちにも家を建てる手伝いをさせるんだ」

「はい、わかりました、隊長」

「家を建てるだって？」ジョンが叫びました。

「ウェンディのためにね」カーリーが答えました。

「ウェンディのために？」ジョンはびっくりしました。「だって、ウェンディはまだ小さな女の子だよ」

「それだからこそ、ぼくたちはウェンディの召使いなのさ」カーリーは説明しました。

「きみたちが？　ウェンディの召使いだって！」

「そうさ」ピーターが言いました。「きみたちもね。さあ、みんなと一緒に行くんだ」

兄弟はびっくり仰天したまま、みんなに引っぱられて行くと、木を切り、倒し、運びました。「まず椅子と、暖炉の前に置く囲いだ」ピーターは命じました。「それから、家を建てよう」

「賛成」スライトリーが言いました。「それこそが、家を建てる方法だ。すっかり思い出したよ」

ピーターはさまざまなことを思いつき、命じるのでした。「スライトリー、医者を呼んで来い」

「承知しました、隊長」スライトリーはすぐに言いました。そして、頭をかきながら姿を消しましたが、ピーターには従うしかないとわかっていたので、ほどなく、ジョンの帽子をかぶって厳《いか》めしい顔をして戻ってきました。「ああ、わざわざどうも」ピーターはスライトリーに近づきながら言いました。「あなたはお医者さんですね？」

このような時、ピーターと他の男の子たちの違いは、他の男の子たちにはこれがお芝居だとわかっているのに、ピーターにはお芝居と現実の区別がつかないということでした。そのせいで、時々、他の男の子たちは困ってしまいました。例えば、夕ごはんを食べてもないのに食べたふりをしなければならない、そんなこともあったからです。

もしお芝居がうまくやれないと、ピーターは迷子たちを叱《しか》りつけて手の甲を打つのでした。

「そうとも、坊や」手にあかぎれのできたスライトリーは、心配そうに答えました。「お願いします、先生」ピーターは説明しました。「ご婦人が重病で伏せっているのです」

ウェンディは二人の足元に横たわっていましたが、スライトリーは見ないようにしました。

「それはそれは」スライトリーは言いました。「どこに伏せっておられるのかな？」

「向こうの空き地に」

「では、お口にガラス棒を入れてみましょう」スライトリーは言いました。スライトリーがそうするまねをしているあいだ、ピーターはじっと待っていました。ガラス棒が抜きとられた時は、不安でいっぱいでした。

「具合はどうです？」ピーターはききました。

「さてさて」スライトリーは言いました。「これで治りました」

「よかった」ピーターは叫びました。

「夕方、またようすを見に来ます」スライトリーは言いました。「吸い口のついたコップで、牛肉のスープを飲ませておやりなさい」帽子をジョンに返すと、繰り返し大きな息をしました。危機を脱した時に、スライトリーはいつもそうするのでした。

そのあいだにも、森の中は斧《おの》の音で賑《にぎ》やかでした。居心地のいい家に必要なものは、もうほとんどすべてウェンディの足元に置かれていました。

「この女の人がどんな家が一番好きなのか、わかったらいいのになあ」一人が言いました。

「ピーター、この女の人、眠りながら動いているよ」もう一人が叫びました。

「口があいたよ」三人目がうやうやしく口をのぞき込みながら叫びました。「わあ、きれいだな！」

「たぶん、眠りながら歌おうとしているのさ」ピーターが言いました。「ウェンディ、どんな家に住みたいか、歌うんだ」

ウェンディはすぐさま、目も開けずに歌いはじめました。

　かわいい家に住みたいわ、
　世界一小さな家に、
　愉快で小さな赤い壁と
　コケのような緑の屋根のある家に。

これを聞いたみんなは、喉《のど》を鳴らして喜びを表わしました。というのは、この上なく幸運なことに、みんなが持ってきた木の枝には赤い樹液がべったりついていたし、地面は一面コケにおおわれていたからです。みんなはせっせと小さな家を建てていきましたが、そのうちこう歌いはじめました。

小さな壁と屋根を作ったよ
すてきなドアもつけたよ、
だから教えておくれ、ウェンディ母さん、
あとほしいものは何？

これに対して、ウェンディはかなり欲張って答えました。

ああ、それなら、次にほしいのは、
全部の壁に楽しい窓、
外からバラがのぞき込み、
中から赤ん坊たちが外を見る窓よ。

みんなは大ハリキリでたちまちのうちに窓を作りました。大きな黄色の葉をブラインドにしました。でも、バラは――？
「バラだ」ピーターが容赦しない口調で叫びました。
みんなはあわてて、この世で一番きれいなバラを壁に這《は》わせるふりをしました。

赤ん坊は？

ピーターが赤ん坊だと命じるのを防ぐために、みんなは急いでまた歌いだしました。

バラには外からのぞかせているよ、
赤ん坊たちはドアのそばにいるよ、
ぼくたちは赤ん坊にはなれないのさ、
だって、赤ん坊だったのはもうずっと前のこと。

ピーターは、これはなかなかうまい考えだと思ったので、すぐに自分が考えたように思い込みました。できた家はとても立派なものでした。もちろん、もはやウェンディの姿を見ることはできませんが、さぞかし快適なことでしょう。ピーターは大股《おおまた》で行ったり来たりしながら、最後の仕上げを命じました。ピーターのワシのような目は何も見逃しませんでした。これですっかり終わったと思ったら――

「ドアにノッカーがないぞ」と、ピーターは言ったのでした。

みんなはとても恥ずかしく思いましたが、トートルズが靴底を差しだし、これがすばらしいノッカーになりました。

今度こそ完成だ、とみんなは思いました。

いえいえ、終わっていません。「煙突がないぞ」とピーターは言いました。「煙突を作らなくちゃならない」

「確かに煙突が必要だね」ジョンがもったいぶって言いました。これでピーターはいいことを思いつきました。ジョンの頭から帽子を奪いとると、てっぺんを打ち抜いて、帽子を屋根に載せたのです。そんなすばらしい煙突をもらえたので、小さな家はとても喜び、まるで〝ありがとう〟とでも言うように、すぐに帽子から煙を出しはじめました。

今度こそ、正真正銘、家は完成しました。あとはドアをノックするばかりでした。「みんな、最高の自分を見せるんだぞ」ピーターが注意しました。「第一印象がとても大事なんだからな」

ピーターは、第一印象とは何かを誰からもきかれなかったので、ほっとしました。迷子たちはみんな、最高の自分を見せようと必死だったのです。

ピーターはうやうやしくドアをノックしました。今や森は子どもたちと同じように静まり返り、聞こえるのはティンカー・ベルの声だけでした。ティンカー・ベルは木の枝からみんなの様子をうかがいながら、あけすけにあざ笑っていたのです。

迷子たちが考えていたのは、誰がノックに答えるだろうか、ということでした。もし女の人なら、どんな人でしょうか？

ドアが開き、女の人が出てきました。ウェンディでした。全員、さっと帽子を脱ぎました。

「ここはどこ？」ウェンディは驚いた顔をしました。これこそがみんなの望んでいたことでした。

もちろん、最初に口を開いたのはスライトリーでした。「ウェンディさん」スライトリーは早口で言いました。「あなたのために、ぼくたちがこの家を建てたのです」

「どうか、うれしいと言ってください」ニブズが叫びました。

「かわいい、すてきなおうちね」ウェンディは言いました。それこそが、みんなの待ち望んでいた言葉でした。

「ぼくたちはあなたの子どもです」双子が言いました。

それから、全員ひざまずくと、手を差し出し、いっせいに叫びました。「どうか、ウェンディさん、ぼくたちのお母さんになってください」

「わたしがお母さんに？」ウェンディは顔を輝かせました。「もちろん、とてもやりがいのあることでしょうけど。でも、わたしはまだ子どもよ。お母さんになったことなんてないの」

「そんなの問題じゃないさ」ピーターは言いました。まるでお母さんのことを知っているのは自分だけであるかのような口調でした。本当は、ピーターが一番知らないのですが。「ぼくらにはね、優しいお母さんらしい人がいればいいんだ」

「そうなの！」ウェンディは言いました。「それなら、わたしにピッタリのような気がするわ」

「そうとも、そうとも」みんなはいっせいに叫びました。「ぼくらには一目でわかったよ」

「じゃあ、まかせて」ウェンディは言いました。「ベストをつくすわ。では、すぐに中に入りなさい、わんぱく坊やたち。ちゃんと足を洗ってね。寝る前に、シンデレラの話を最後までしてあげるわ」

　子どもたちは小さな家の中に入りました。どうして全員が入れるだけのスペースがつくれたのか、私にはわかりませんが、ネバーランドではぎりぎりまで詰め込むことができるのです。これこそが、みんながウェンディと過ごしたたくさんの楽しい夜の初日でした。やがて、ウェンディは木の下の家の大きなベッドにみんなを寝かせましたが、自分は小さな家で眠りました。ピーターは剣を抜いたまま、外で見張っていました。遠くで海賊たちが酒盛りをして騒ぐ声が聞こえたし、オオカミもうろついていたからです。闇《やみ》に包まれたウェンディの小さな家は、とても住み心地がよくて安全そうに見えました。ブラインドからは明るい光が漏れ、煙突からは優雅に煙が立ち昇っているうえ、ピーターが見張りに立っているからでした。

しばらくして、ピーターは眠ってしまいました。乱痴気《らんちき》パーティから帰る途中で足もとのおぼつかない妖精が何人か、ピーターの体を乗り越えていかなくてはなりませんでした。他の男の子が夜に妖精の通り道をふさいでいたら、誰であろうといたずらされていたことでしょう。でも、ピーターの場合、妖精たちは鼻をつまんだだけで、通りすぎていきました。

第7章　迷子たちの地下の家

あくる日ピーターが真っ先にしたことは、木の幹の空洞に合わせてウェンディとジョンとマイケルの体の大きさを測ることでした。みなさんは覚えているでしょうが、フックは、迷子どもは一人一人別の木の入口が必要だと思っているようだな、と言ってあざ笑いましたね。でも、フックは何一つ知らなかったのです。どういうことかというと、木の空洞が自分の体のサイズに合っていないと、登り降りするのは難しいのでした。また、同じ大きさの迷子は二人といませんでした。ところが、いったん木の空洞とサイズが合えば、上で息を吸い込んだだけで、ちょうどいいスピードで降りられるのでした。一方、登るには、交互に息を吸ったり吐いたりしながら、体をくねらせて登ればいいのでした。もちろん、一度この動作をマスターしてしまえば、何も考えずにできますし、これ以上優雅なやり方はありません。

とはいえ、まずはサイズが合わなくてはどうにもなりません。そこでピーターは、スーツの寸法をとる時と同じくらい慎重に、木に合わせて体の大きさを測るのです。

唯一《ゆいいつ》の違いは、スーツは体に合うように作られますが、ここでは、体を木に合わせなくてはならないということです。たいがいはいとも簡単にできます。例えば、服をうんとたくさん着たり、うんと少なく着たりすることによって。でも、体が妙にでこぼこしていたり、使える木が変な形だったりすると、ピーターは体に少々細工をします。すると、ぴったり合うのです。一度合ったら、いつまでも合ったままでいられるように大変な注意を払わなくてはなりません。このおかげで――ウェンディはあとで知って喜んだのですが――家じゅうの者が健康そのものでいられるのでした。

ウェンディとマイケルは一度で木にぴったり合いましたが、ジョンは少し手直ししてもらわなくてはなりませんでした。

三人は数日練習すると、井戸の水を汲《く》み上げる桶《おけ》のように楽々と登り降りできるようになりました。三人とも地下の家をものすごく気に入りました。とりわけ、ウェンディが。その家には、あらゆる家がそうあるのが理想なのですが、大きな部屋が一つあるだけでした。魚釣りに行きたければ、床を掘ってミミズをとることができました。また、この床には、おしゃれな色の丈夫なキノコが生えていて、スツールとして使われていました。一本のネバーツリーが、部屋の真ん中に必死に生えようとしていましたが、この幹は毎朝床の高さに合わせてノコギリで切られてしまうのでした。お茶の時間になる頃には、この木はいつも高さ六十センチほどになっていたので、迷子たちはその上にドアを載せ、テーブル代わりにしました。お茶の道具が片づけられると、すぐにまた幹は切られ、遊ぶスペースが増やされるというわけでした。巨大な暖炉があって、どれくらい大きいかというと、部屋のどこにいても、火をおこせるほどでした。ウェンディはこの暖炉の上の方に、植物の繊維をより合わせて作った紐《ひも》を張り、洗濯物を吊《つ》るしました。ベッドは昼間は壁に立てかけられ、六時半に降ろされましたが、ベッドで部屋の半分近くがふさがれてしまうのでした。マイケル以外の男の子は、そのベッドで缶詰のイワシのようにぎゅう詰めになって眠りました。誰かが合図するまでは寝返りを打ってはいけない、という厳重な決まりがありました。合図とともに、全員がいっせいに寝返りを打つのでした。マイケルもそのベッドに寝るはずだったのですが、ウェンディが赤ちゃんをほしがったし、なんといってもマイケルが一番小さかったのです。みなさんも、女の人がどういうものかはおわかりですね。結局のところ、マイケルはバスケットに入れられ吊るされることになったのです。

粗末で簡単な造りの家でした。もし子グマが地下の家をつくるとしたら、こんなふうな家ができあがることでしょう。でも、壁にはへこんだ場所が一つありました。鳥かごくらいの大きさで、これこそがティンカー・ベルの個室でした。部屋の他の場所とは、小さなカーテンで仕切れるようになっていました。とても神経質なティンクは、服を着たり脱いだりする時は必ずカーテンを閉めておくのでした。どんな女の人でも――たとえ人間の女の人であっても――これほど凝った居間兼寝室を持つことはできないでしょう。カウチ――ティンクは寝椅子《ねいす》のことをいつもそう呼んでいました――は、まぎれもなく妖精のマブ女王時代のもので、曲がり脚がついていました。ベッドカバーは季節の果物の花に合わせて替えられました。鏡のデザインは「長靴をはいた猫」。そのデザインの鏡で無疵《むきず》のものは、妖精の骨董《こっとう》屋が知るかぎり、現在三つしか存在していません。洗面化粧台はパイ皮のように縁にひだ飾りがついているうえ、裏返しても使えました。衣装だんすは本物のチャーミング六世時代のもの、絨毯《じゅうたん》類はマージョリーとロビンの全盛期（すなわち初期）のもの。ティドリーウィンクス製のおしゃれなシャンデリアが吊るされていましたが、これはただの飾りで、もちろんティンクは、自分で部屋を照らしました。ティンクはこの家の自分の部屋以外のところは端《はな》からバカにしていましたが、これはまあ、いたし方のないことかもしれません。ただ、ティンクの部屋は確かに美しいのですが、少々気取っていて、いつも鼻をつんとそらしているふうに見えました。

ティンクのそんな暮らしぶりは、ウェンディにとってはさぞかしうらやましく思えたことでしょう。なにしろ、わんぱく坊やたちのせいで、ウェンディの方は働きづめだったからです。本当のところ、まる何週間も、夜になって靴下の繕いをする時をのぞけば、息つくひまもありませんでした。料理ともなると、ウェンディはお鍋《なべ》に鼻をくっつけっぱなしでした。主な食べ物は、パンノキの実のむし焼き、ヤマイモ、ココナツ、ブタの丸焼き、マミーアップル、タパのロールパン、バナナといったところ。こうしたものを、ヒョウタンのカップに注いだポーポーのジュースで喉《のど》に流し込むのでした。でも、本当に食べられるのか、食べるふりをするだけなのか、どっちになるかは誰にもわかりませんでした。それはすべてピーターの気分しだいで決まったのです。ピーターは、遊びとしてなら食べることができました――実際に、食べ物をお腹《なか》に入れることが。でも、いっぱい食べて満腹になるためだけに食べることはできなかったのです。それこそが、ほとんどの子どもが何よりも好きなことで、次に好きなのは、食べ物の話をすることなのに。ピーターにとっては、食べるふりは本当に食べることと同じだったので、食べるふりをしているうちに、太ってくるのがわかるほどでした。もちろん、他の子どもたちにはつらいことでしたが、ピーターがそうすれば従うしかなかったのです。ただ、痩《や》せてしまって木の空洞に体が合わなくなったことをピーターに証明してみせれば、たらふく食べさせてもらえました。

ウェンディが大好きな縫いものや繕いものをするのは、みんなが寝たあとでした。この時になってはじめて、ウェンディの言葉を借りれば、ひと息つけるのでした。ウェンディはみんなのために新しい服を作ってやったり、ズボンに二重に膝《ひざ》あてをしてやったりしました。なんといっても、子どもはズボンの膝をすり減らすものだからです。

どれもかかとに穴のあいた靴下のいっぱい入ったバスケットを前にすると、ウェンディはもうお手上げだというように嘆くのでした。「ああ、ほんと、結婚していない女の人がうらやましくなる時があるわ」

そのくせ、こんなふうに嘆く時のウェンディの顔は輝いていました。

みなさんは、ウェンディがかわいがっていたオオカミの子のことは覚えていますね。ええ、そのオオカミはウェンディが島に来たことをほどなく知って、ウェンディを探し出したのです。二人は走りよると、しっかりと抱きしめ合いました。それからというもの、ウェンディがどこに行っても、オオカミはあとについて行くようになりました。

時がたつにつれ、ウェンディはあとに残してきた愛する両親のことをいろいろ考えるようになったでしょうか？　これは難しい質問です。というのは、ネバーランドでは、時は月と太陽によって計算されるのですが、本国より月も太陽もはるかにたくさんあるので、どれくらい時がたっているのかよくわからないからです。しかし、ウェンディはお父さんとお母さんのことをあまり心配していなかったのではないかと思います。ウェンディたちがいつ飛んで帰ってもいいように窓を開けっぱなしにしてくれていると確信していたので、安心しきっていたのです。ウェンディが時々心配になるのは、ジョンが両親のことをぼんやりとしか覚えていないことでした――以前知っていた人、くらいにしか思っていないのです。一方、マイケルの方はウェンディが実の母親だと思いこんでいるほどでした。こんなことでは困ったことになると思ったウェンディは、ここはしっかり年長者としての義務を果たすことにしました。以前学校でやった試験問題にできるかぎり似せた問題を出題して、昔の暮らしを忘れないようにさせました。他の男の子たちは、これをとてもおもしろがって、どうしても一緒に試験を受けたいと言いはりました。そんなわけで、この男の子たちは自分で石板を作って、テーブルを囲んで座り、ウェンディが別の石板に書いて回す問題の答えを、一生懸命書いたり考えたりしました。試験問題はごくありふれたものでした――「お母さんの目は何色でしたか？　お父さんとお母さんでは、どちらが背が高かったですか？　お母さんの髪はブロンドでしたかブルネットでしたか？　できるなら、上の三つの質問すべてに答えなさい」とか、「（A）『この前の休日をどうやって過ごしたか』または『お父さんとお母さんの性格の比較』という題で、四十字以上を使って作文を書きなさい。どちらか一つだけに答えること」とか、「（1）お母さんの笑い方について述べよ。（2）お父さんの笑い方について述べよ。（3）お母さんのパーティ・ドレスについて述べよ。（4）犬小屋とそこに住む者について述べよ」とか。

出題されるのは、こうしたありふれたことばかりでしたが、正解できなかった場合には×をつけるように言われました。そして、ジョンでさえ、恐ろしいほどたくさんの×をつけることになったのでした。ちなみに、すべての問題に答えを書いたのは、スライトリーだけでした。ですから、トップの成績をおさめるのは当然スライトリーだと思いきや、スライトリーの答えはまったくでたらめで、実際はビリになってしまいました。なんとも残念なことです。

ピーターは一緒に試験を受けませんでした。一つには、ウェンディ以外の母親を忌《い》み嫌っていたからですが、もう一つには、この島でただ一人読み書きができなかったからです。どんなに簡単な言葉も、読みも書きもできなかったのです。ピーターにとっては、そんなことはどうでもよかったのでした。

ところで、問題はすべて過去形で書かれていました。お母さんの目は何色でしたか、というふうに。そうなのです、実はウェンディも忘れつつあったのです。

もちろん、冒険は、これからわかるでしょうが、毎日起こっていました。でも、この頃ピーターは、ウェンディの助けを借りて新しい遊びを考案し、夢中になっていました。もっとも、すでにご説明したとおり、ピーターの場合、どんな遊びでも、しばらくすると急に興味を失ってしまうのですが。さて、その遊びというのは、冒険をしないこと、つまり、ジョンとマイケルが家でこれまでずっとやってきたことをやったのです――スツールに座って空中にボールを投げるとか、押しくらべをするとか、散歩に出かけてもハイイログマを殺さずに帰ってくるとか。ピーターがスツールに座って何もしないでいるのは、けっこう見ものでした。そうした時は、ついついしかつめらしい顔をしてしまったのです。じっと座っているなんて、ピーターにとっては、ずいぶん風変わりなことに思えたからです。ピーターは、健康のために散歩に行ってきたんだ、なんて得意そうに話しました。太陽が数回出るあいだ、ピーターにとってこれが一番奇抜な冒険だったのです。ジョンとマイケルも楽しそうなふりをしなくてはなりませんでした。さもないと、大変な目にあいそうだったからです。

ピーターはしばしば一人で出かけました。そして、帰ってきた時、果たして冒険をしてきたのかどうか、誰にもはっきりわかりませんでした。すっかり忘れてしまっているのか、何も話さないこともありました。なのに、他のみんなが外に出てみると、死骸《しがい》が見つかるのでした。そうかと思えば、冒険のことをいろいろ話すのに、死骸が見つからないこともありました。時々、ピーターは頭に包帯をして戻ってきました。そんな時は、ウェンディがやさしく語りかけながら、ぬるま湯で傷口を洗ってやりました。そのあいだ、ピーターはわくわくするような冒険談を話しましたが、ウェンディは鵜呑《うの》みにしていいものかわかりませんでした。けれども、本当だとわかる冒険もたくさんありました。なぜなら、ウェンディも同じ冒険をしたからです。少なくとも一部は本当の冒険はもっとたくさんありました。なぜなら、他の男の子たちが同じ冒険をしていて、すべて本当だと言ったからです。そうした冒険を全部語るとなると、『英語／ラテン語・ラテン語／英語辞典』と同じくらい大きな本になってしまうでしょう。そんなわけで、私たちにせいぜいできるのは、この島ではふつう一時間のうちにどんなことが起こるのか、一例をあげることくらいです。難しいのは、どの冒険を選べばいいのかということです。スライトリー峡谷で起こったインディアンとの小競《こぜ》り合《あ》いがいいでしょうか？　あれは血なまぐさい事件でした。ピーターの奇癖がよく示されているという点でも、とりわけ興味深いものでした。戦いの真っ最中に、急に敵になったり味方になったりするという、おかしな癖があるのです。スライトリー峡谷で、まだ戦いの決着がつかず、こちらが優勢になったり、あちらが優勢になったりしていた時、ピーターはこう叫びました。「ぼくは今日インディアンだ。おまえは何になる、トートルズ?」すると、トートルズは「インディアンさ。おまえは何になる、ニブズ?」と応じました。すると、ニブズは「インディアンさ。おまえたちは何になる、双子?」と言いました。とまあ、こんな調子で、全員インディアンになってしまったのです。もちろん、こうなれば戦いは終わったはずですが、ピーターのやり方がすっかり気に入った本当のインディアンたちが、この時にかぎって迷子になってやると言い出したので、また戦いが始まってしまいました。しかも、さっきよりも激しく。

この冒険の意外な結末はというと――いや、これから話すのがこの冒険談なのかどうか、まだ決まったわけではありません。インディアンが地下の家に夜襲をかけた時の話の方が、たぶんおもしろいでしょう。数人のインディアンが木の空洞にはさまってしまい、コルク栓を抜くように引っこ抜かなくてはならなかったのです。でなければ、ピーターが人魚の入江でタイガー・リリーの命を救って、その結果タイガー・リリーがピーターの味方になった話でもいいでしょう。

でなければ、海賊がケーキを作り、迷子たちに食べさせて亡《な》き者にしようと企《たくら》んだあの話をしてもいいですね。海賊たちは子どもたちが手にとりそうな場所に次から次へとケーキを置いたのですが、ウェンディがいつも子どもたちの手からケーキを取り上げたので、ケーキはそのうち水分を失って、石のように固くなり、飛び道具として使われ、フックが暗闇《くらやみ》の中でそれにつまずいてころんだのでした。

あるいは、ピーターの友だちの鳥の話をするのはどうでしょう。とりわけ、人魚の入江の上に延びている枝に巣を作ったネバーバードの話はいかがでしょう。その巣が水に落ちたのですが、ネバーバードは卵を抱き続けていたので、ピーターはネバーバードの邪魔をしてはいけないという命令を出したのです。これは美しい話です。最後まで聞くと、鳥がどんなに恩を忘れない生き物かがわかります。しかし、もしその話をするとなると、人魚の入江の冒険のすべてを話さなければなりません。当然、一つだけではなく二つの冒険の話をすることになります。もっと短くて同じくらいハラハラするのは、ティンカー・ベルが何人かの宿なしの妖精の助けを借りて実行した企みでした。眠っているウェンディを、水に浮かべた大きな木の葉に乗せて、イギリス本国まで運んでしまおうとしたのです。幸いにも、木の葉が沈み、ウェンディは目を覚ましました。お風呂《ふろ》に入っている夢を見ているのだと思って、泳いで帰りました。あるいはまた、ピーターがライオンに大胆に挑戦した話を選んでもいいかもしれません。ピーターが自分のまわりの地面に矢で円を描き、その線を越えて中に入れるものなら入ってみろとライオンにけしかけたのです。ピーターは何時間も待ちました。他の男の子たちとウェンディは木の上からかたずをのんで見守りつづけましたが、ピーターの挑戦に応じるだけの勇気を持ったライオンは一頭もいませんでした。

これらの冒険のどれを選びましょうか？　一番いいのは、コインを投げて決めることでしょう。

で、私は投げました。勝ったのはというと、人魚の入江。決まってみると、峡谷かケーキかティンカー・ベルの木の葉の話が勝てばよかったのに、と思ってしまいます。もちろん、もう一度コインを投げて、この三つのうちから選び直すこともできます。しかし、このまま人魚の入江の話をするのがフェアでしょう。

第8章 人魚の入江の戦い

もしみなさんが目を閉じると、運がよかったら、時々、淡く美しい色をした形のはっきりしない水たまりが闇《やみ》の中に浮かんでいるのが見えるかもしれません。そして、もっときつく目を閉じると、水たまりの形がはっきりしてきて、色も鮮やかになってきます。さらにぎゅっと目を閉じると、燃えてなくなってしまいますが、燃える直前に、人魚の入江が見えるのです。イギリス本国にいるみなさんが、人魚の入江に一番近づけるのはこの時です――ほんの一瞬ですが、至福を味わえます。その二倍の時間があったら、打ち寄せる波が見え、人魚の歌が聞こえるかもしれません。

子どもたちはよく、この入江で長い夏の日をすごしました。普通に泳いだり浮かんだりしていることが多かったのですが、水中で人魚ごっこをすることもありました。このことから、人魚が子どもたちと仲よしだったと考えてはいけません。それどころか、ネバーランドにいるあいだずっと、ウェンディは人魚から礼儀にかなった言葉をかけられたためしがなく、それをいつまでも残念に思っていたくらいです。ウェンディが入江のほとりまでそっと近づいていくと、何十人もの人魚が見えることがありました――特に、〝置き去りの岩〟の上に。人魚たちはそこで日なたぼっこをしながら、のんびり――ウェンディがいらいらするほどのんびり――髪を梳《と》かすのが大好きでした。ウェンディは、人魚たちの一メートル手前まで、いわば忍び足のように用心深く、泳いでいきさえしました。でも、人魚たちはウェンディを見つけると、入江に飛び込み、尻尾《しっぽ》で水をかけました。偶然ではなく、わざと。人魚は男の子たちも同じ目にあわせましたが、もちろん、ピーターは例外でした。人魚がピーターは〝置き去りの岩〟の上で人魚たちと何時間もおしゃべりしました。ピーター生意気なふるまいをすると、ピーターは尻尾の上に座ってしまうのでした。ピーターは人魚の櫛《くし》をウェンディにプレゼントしてくれました。

なんといっても人魚の姿が一番まぶたに焼きつくのは、月の変わり目で、その時人魚は、奇妙で悲しげな叫び声をあげます。でも、そんな時の入江は人間にとって危険なのです。そして、今からお話しする出来事の日の夜まで、ウェンディは月の光でこの入江を見たことがありませんでした。恐怖からというより――どうせピーターがついてきてくれるので、それほど怖くないのです――七時には全員ベッドに入るという厳格な規則のためでした。しかし、雨のあとの晴れた日には、ウェンディはよく入江に行きました。そういう時には、驚くほどたくさんの人魚たちが姿を現わし、泡で遊ぶのでした。虹《にじ》の水で作ったさまざまな色の泡をボール代わりにして、虹の競技場から外に出ないように、尻尾で次から次へと楽しげに打ってパスし、これを泡が破裂するまで続けるのです。虹の両端にゴールがあって、キーパーだけが手を使うことを許されています。何百人もの人魚が一度に湖でプレーすることもあり、それはまったく素晴らしい眺めです。

でも、子どもたちが仲間に入れてもらおうとしても、たちまち自分たちだけでプレーすることになってしまいました。というのは、人魚はすぐに姿を消してしまったからです。にもかかわらず、どうやら人魚はこの侵入者たちを密《ひそ》かに見ていて、ためらうことなくこの子どもたちのアイデアを取り入れたようなのです。というのは、ジョンが手ではなく頭で泡を打つという新しい方法をやってみせたところ、人魚のゴールキーパーがその方法をまねしたからです。これこそが、ジョンがネバーランドに残した唯一《ゆいいつ》の実績です。

子どもたちが昼食後三十分、岩の上で休んでいる姿も、なかなか見物だったにちがいありません。ウェンディがどうしてもそうするように言ったのです。昼食がお芝居だったとしても、この休憩は本当でなくてはなりませんでした。そんなわけで、子どもたちは日ざしを浴びながら体を光らせて横たわり、一方、ウェンディはもったいぶった顔をして子どもたちのそばに座っていました。

それが起こったのは、そんなある日のことでした。子どもたちはみんな〝置き去りの岩〟の上にいました。その岩は子どもたちの大きなベッドと同じくらいの大きさでしたが、もちろん、子どもたちはみんな場所をあまりとらない方法を知っていました。そして、うとうとしているか、あるいは、少なくとも目を閉じて横たわっていました。時おり、ウェンディが見ていないと思うと、隣りの子をつねったりもしていました。ウェンディはせっせと縫い物をしていました。

ウェンディが縫い物をしているうちに、入江に変化が起こりました。入江全体が小さく震え、太陽が消え、水面《みなも》に影がさし、水は冷たくなりました。ウェンディはもはや針に糸を通すことができなくなりました。目を上げて見ると、それまであんなに楽しい場所だった入江が、怖くて敵意に満ちた様子になっていました。

ウェンディにはわかりました――夜が来たのではなく、夜のように暗い何かがやってきたのだと。いえ、それよりもっと悪いものです。まだそこまでは来ていなくて、ああして水面を震わせ、これから来ることを伝えたのでした。果たして何なのでしょう?

ウェンディはこれまで〝置き去りの岩〟についていろいろ話を聞いていましたが、それが一度にすべて思い出されました。〝置き去りの岩〟と呼ばれるのは、悪い船長たちが船乗りをそこに置き去りにし、溺《おぼ》れさせるからです。潮が満ちると、この岩は水中に没するので、船乗りは溺れてしまうのです。

もちろん、ウェンディはすぐに子どもたちを起こすべきでした。正体不明のものが忍び寄ってくるからというばかりでなく、冷たくなった岩の上に子どもたちをそれ以上寝かせておくのはよくないことだったからです。でも、ウェンディは若いお母さんだったので、それを知りませんでした。昼食後三十分休むという規則は絶対守らなくてはならないと思ったのです。そんなわけで、不安に襲われ、男の子の声が聞きたくてならなかったのですが、あえて起こさなかったのです。くぐもったオールの音が聞こえ、心臓が口から飛び出しそうになっても、男の子たちを起こしませんでした。そばに立って、ぐっすり眠らせておきました。それはそれで立派といえないでしょうか？

この男の子たちにとって幸いだったのは、その時、眠っていても危険をかぎつけられる者が仲間に一人いたことです。ピーターがさっと飛び起きると同時に、犬のようにすっかり目を覚まし、警告の叫び声をあげて他の男の子たちを起こしました。

ピーターは片手を耳に当てたまま、じっと立っていました。

「海賊だ！」ピーターは叫びました。他の子どもたちはピーターのそばに集まりました。ピーターの顔には奇妙な笑みが浮かんでいました。ウェンディはそれを見ると、身震いしました。その笑みがピーターの顔に浮かんでいるあいだは、ピーターに話しかけようとする者はいません。いつでも命令に従えるように待機しているしかないのです。命令は鋭く切り裂くような声で下されました。

「飛び込め！」

何本もの脚がきらめき、たちまち入江には人けがなくなりました。〃置き去りの岩〃は、まるでその岩自体が置き去りにされたように、不気味な入江の中にぽつんと取り残されました。

ボートが近づいてきました。それは海賊のはしけ用のボートで、三人乗っていました。スミーにスターキー、もう一人は捕らわれの身で、誰あろうタイガー・リリーでした。タイガー・リリーは両手両足を縛られていて、自分がどういう運命にあるのかを知っていました。〃置き去りの岩〃に置き去りにされ、死ぬのです。インディアンのタイガー・リリーにとっては、火あぶりや拷問《ごうもん》によって死ぬことよりも恐ろしい最《さい》期《ご》でした。インディアンには、水の中を通って〃幸福な天国の狩り場〃に行く道はないという言い伝えがあるからです。でも、タイガー・リリーの顔は平然としていました。タイガー・リリーは酋長《しゅうちょう》の娘で、酋長の娘らしく死ななくてはならないのです。それでいいのです。

海賊たちは、タイガー・リリーが口にナイフをくわえて海賊船に乗り込もうとするところを捕まえたのです。船には見張りが置かれていませんでした。フックという名前を聞いただけで恐れをなし、誰も船の周囲一キロ以内に近づかないというのが、フックの自慢だったのです。これからタイガー・リリーがたどる運命も、船を守るのに役立つことでしょう。夜になったら、悲しい叫び声がまた一つ、風に乗って運ばれるでしょうから。

自分たちがもたらした闇のせいで、二人の海賊には〝置き去りの岩〟が見えず、ボートをその岩にぶつけてしまいました。

「風上に向けろ、このへまめ」スミーがアイルランド訛《なま》りで叫びました。「この岩だ。さあ、あとはこのインディアンを岩の上に乗っけて、置き去りにして溺れさせりゃいいんだ」

この美しい娘を岩の上におろす残酷な作業は、すぐに片づきました。誇り高いタイガー・リリーは、むだな抵抗をしませんでした。

〝置き去りの岩〟の近くですが、海賊からは見えないところで、二つの顔が浮かんだり沈んだりしていました。ピーターとウェンディです。ウェンディは泣いていました。こういう悲劇を見たのは初めてだったからです。ピーターは何回も悲劇を見たことがありますが、全部忘れてしまっていました。ウェンディほどタイガー・リリーに同情していませんでした。ピーターが怒っているのは、一対二だったからです。ピーターはタイガー・リリーを救うつもりでした。海賊がいなくなるまで待てば、簡単にすんだでしょうが、ピーターは決して簡単な方法を選ばないのでした。

ピーターにできないことはほとんどありませんでした。そこで、フックの声をまねすることにしました。

「おーい、そこのまぬけども」ピーターは呼びかけました。驚くほどよく似ていました。

「船長だ」二人の海賊は、びっくりして顔を見合わせながら言いました。

「こっちに泳いでくるところなんだろう」あたりを見ても船長が見あたらなかったので、スターキーは言いました。

「今インディアンを岩に乗っけてるところですぜ」スミーが大声をあげました。

「娘を放してやるのだ」驚くべき答えが返ってきました。

「放すですって？」

「そうとも、縄を切って放してやるのだ」

「だけど、船長——」

「すぐにやるのだ、聞こえんのか」ピーターは叫びました。「さもないと、きさまらにこの鉤《フック》を突き刺すぞ」

「なんか変だな」スミーがあえぐように言いました。

「船長の言うとおりにしたほうがいいぜ」スターキーがそわそわしながら言いました。

「承知しやした」スミーはそう言うと、タイガー・リリーの縄を切りました。タイガー・リリーはすぐさまウナギのようにスターキーの脚のあいだをくぐりぬけ、水に飛び込みました。

もちろん、ウェンディはピーターの頭のよさに感心してとても得意になりました。でも、ピーターも有頂天になって、おそらく例の鶏のような声を出し、正体がわかってしまうだろうと思いました。そこで、ウェンディはすぐにピーターの口をふさごうと手をのばしましたが、途中で止《や》めてしまいました。「おーい、ボートやい！」というフック船長の声が入江じゅうに響き渡ったからです。今度言ったのはピーターではありませんでした。

ピーターは鶏がコケコッコーと時をつくる声をあげかけていたようですが、代わりに、驚いてヒューと口笛を吹くような顔をしました。

「おーい、ボートやい！」また叫び声がしました。

ようやくウェンディにもわかりました。本物のフックも水の中にいるのです。フックはボートまで泳いでこようとしているところでした。手下が明かりをかかげて導いたので、フックはほどなくボートにたどりつきました。ランタンの光の中でフックの鉤《かぎ》がボートのへりをつかむのが、ウェンディにも見えました。フックがぽたぽたと滴《しずく》を垂らしながら水からあがった時、凶悪で浅黒い顔が見えました。ウェンディは震えがとまらず、泳いで逃げ去りたいと思いましたが、ピーターはひるみませんでした。活《い》き活《い》きとして力がみなぎり、しかも、うぬぼれの絶頂にありました。「ぼくって天才じゃない？　そうとも、天才さ！」ピーターはウェンディにささやきました。ウェンディも確かにそうだと思いましたが、ピーターの今の言葉を自分以外誰も聞いていなかったことは、ピーターの名誉のために本当によかったと思いました。

ピーターはウェンディに耳をすますよう合図しました。

二人の海賊は、船長がどうしてやって来たのか知りたくてうずうずしていましたが、船長の方は鉤《フック》に頬をのせ、なにやら物思いに沈んでいるように座っていました。

「船長、大丈夫ですかい？」二人の手下はおそるおそるききましたが、船長は空《うつ》ろなうなり声をあげただけでした。

「ため息をついてるぜ」スミーが言いました。

「またついてるぞ」スターキーが言いました。

「あれまただ、これで三度目だぜ」スミーが言いました。

「どうしたんで、船長？」

その時、フック船長はとうとう激情にかられたように口を開きました。

「万事休すだ」フック船長は叫びました。「あのガキどもは母親を見つけたのだ」

ウェンディは怖かったものの、誇らしさで胸がいっぱいでした。

「ああ、なんてついてねえ日なんだ」スターキーが大声で言いました。

「母親って何ですかい？」無知なスミーがききました。

ウェンディはショックのあまり声をあげてしまいました。「まあ、知らないの！」この時からウェンディは、海賊を子どもにできるなら、ぜひスミーを子どもにしてやろう、と思うようになったのでした。

ピーターはウェンディを水の中に引っぱり込みました。フックが立ち上がって「今の音は何だ？」と叫んだからです。

「おれには何も聞こえなかったですぜ」スターキーが水の上にランタンをかかげながら言いました。海賊たちはあたりを見ているうちに、変わったものを見つけました。私が前にお話しした、入江に浮かぶ巣です。ネバーバードがそこに座っていました。「見ろ」フックがスミーの質問に答えて言いました。「あれが母親というものだ。見習うべき手本だ。あの巣は水に落ちたのにちがいないが、母親は卵を見捨てるか？いや、見捨てやしない」

フックは声を詰まらせました。まるで一瞬、純真無垢《むく》だった昔の日々を思い出したかのように――しかし、この自分の弱さを鉤で払いのけました。

スミーは感極まり、巣とともに流れていく鳥をじっと見つめていましたが、もっと疑《うたぐ》り深いスターキーは「もし母親があああいうものなんだったら、ピーターを助けようってんで、ここらをうろついてるんじゃねえですかね」と言いました。

フックはビクッとしました。「そうとも。それこそが、わたしの心配事なのだ」

フックをこの憂鬱《ゆううつ》から抜け出させたのは、スミーの熱意あふれる声でした。「船長」スミーは言いました。「あのガキどもの母親をさらって、あっしらの母親にできないものですかね？」

「素晴らしい考えだ」フックは叫びました。たちまち、その偉大な頭の中で、計画がしっかりまとめられました。「ガキどもを捕まえて、船に連れていく。板の上を歩かせ、海に落とす。それで、ウェンディは我々の母親になる」

ウェンディはまた我を忘れてしまいました。

「なるもんですか！」ウェンディはそう叫ぶと、すぐに頭を引っ込めました。

「今のは何だ？」

しかし、何も見えませんでした。海賊たちは風で木の葉が舞った音だろうと思いました。「同意するかね？」フックはききました。

「もちろんでさ」二人の手下は同時に言うと、誓うために手を差し出しました。

「よろしい。誓え」フックの方は鉤を差し出し、手下たちの手の上に置きました。

三人は誓い合いました。この時にはみんな〝置き去りの岩〟の上にいたのですが、フックは急にタイガー・リリーのことを思い出しました。

「あのインディアンはどこだ？」フックはいきなりききました。

フックは時々冗談を言うことがありました。手下は今も冗談を言っているのだと思いました。

「それならご心配なく、船長」スミーは得意げに答えました。「ちゃんと放してやりましたから」

「放してやっただと！」フックは叫びました。

「船長の命令だったじゃねえですか」水夫長は口ごもりながら言いました。

「船長があっちから叫んだんですぜ、放してやれって」スターキーが言いました。

「この厚顔無恥のばか者どもめ」フックはどなりつけました。「わたしをだまそうというのか？」フックの顔は怒りでどす黒くなってきましたが、二人の手下が本気で言っていることに気づくと、ギョッとしました。「おい、きさまら」フックは少し身震いしながら言いました。「そんな命令を出したおぼえはないぞ」

「そいつはまた妙だな」スミーは言いました。全員、落ち着きなくもぞもぞ体を動かしました。フックは声を張りあげましたが、その声は震えていました。

「この暗い入江に今夜出ている幽霊よ」フックは叫びました。「聞いているか？」

もちろん、ピーターは黙っているべきでしたが、やはり黙っていませんでした。すぐにフックの声をまねして応じました。

「おうおう、聞いているぞ」

この究極の瞬間にも、フックは顔色一つ変えませんでしたが、スミーとスターキーは恐怖のあまり抱きつき合いました。

「きさまは何者だ？　答えろ」フックは迫りました。

「ジェームズ・フックだ」と相手は答えました。「ジョリー・ロジャー号の船長だ」

「いや、違う。断じて違うぞ」フックはしわがれ声で答えました。「もう一度言ってみろ。きさまの体に錨《いかり》をぶち込んでやる」

「この厚顔無恥のばか者め」相手はやり返してきました。

フックはもっと下手に出てみることにしました。「もしおぬしがフックならば」と、へりくだったような調子で言いました。「このわたしは誰なのか、教えてくれますかな？」

「タラさ」声が返ってきました。「お魚のタラちゃんさ」

「タラちゃんだと！」フックはぽかんとして言いました。この時でした。まさにこの時、フックの誇り高き心は砕け散ったのです。フックは二人の手下が後ずさりしていくことに気づきました。

「おれたちは今までタラに率いられていたのか？」二人はぶつぶつ言いました。「これじゃあ世間体が悪くていけねえぜ」

フックは飼い犬に手を噛《か》まれたようなものでした。でも、悲劇的な人物になったにもかかわらず、手下たちのことはほとんど気にもとめませんでした。あのような恐ろしい言葉に対してフックが必要とするのは、手下からの信頼ではなく、自分に自信を持つことでした。フックは自分の中から自信が抜け出していくのを感じ、「わたしを見捨てないでくれ」と、かすれ声で小さく呼びかけました。

　フックの暗い性格の中には、いくらか女性的な部分がありました。大海賊というのは、みんなそういうものなのです。おかげで、フックは時々直感が働くことがありました。そんなわけで、突然、当てっこを始めたのでした。

「フック」とフックは呼びかけました。「きさまは他にも声を持っているか？」

　さて、ピーターはゲームとなるとやらないではいられません。楽しそうに自分の声で答えてしまいました。「持っているとも」

「他の名前は？」

「あるとも」

「植物か？」フックはききました。

「違う」

「鉱物か？」

「違う」

「動物か？」

「そうだ」

「大人の男か？」

「ふざけるな！」いかにも相手をばかにしたような声が響き渡りました。

「男の子か？」

「そうだ」

「普通の男の子か？」

「違う！」

「素晴らしい男の子か？」

ウェンディが残念に思ったのは、今回は「そうだ」という返事が鳴り響いたことでした。

「イギリスに住んでいるのか？」

「違う」

「ここに住んでいるのか？」

「そうだ」

フックの頭はこんがらがってしまいました。「きさまらも、何か質問しろ」フックは額の汗をふきながら、二人の手下に言いました。

スミーがじっくり考えてから、「あっしには何も思いつきませんや」と悔しそうに言いました。

「当てられないんだ、当てられないんだ」ピーターははしゃぎました。「降参するか?」

もちろん、ピーターは調子に乗ってこのゲームに深入りしすぎていました。そして悪党たちはチャンスをつかみました。

「降参だ、降参だ」海賊たちは懸命に答えました。

「よし、それなら、教えよう」ピーターは叫びました。「ぼくはピーター・パンだ」

パンなのか!

たちまちのうちに、フックは元の自分に戻りました。スミーとスターキーはフックの忠実な手下になりました。

「よし、もう捕まえたも同然だぞ」フックは叫びました。「飛び込め、スミー。スターキー、ボートを見ていろ。殺そうが生かそうがかまわん、ひっとらえるのだ」

フックは話し終わらないうちに飛び込みました。と同時に、ピーターの陽気な声が聞こえました。

「用意はいいか、迷子たち?」

「いいとも」入江のあちこちから声がしました。

「よし、海賊どもをやっつけろ」

短く激しい戦いでした。最初に攻撃をしたのは、ジョンでした。ジョンは雄々しくもボートによじのぼると、スターキーに飛びかかりました。激しく取っ組み合っているうちに、海賊の手から短剣がもぎとられました。スターキーがのたくりながらボートから飛び出すと、ジョンもあとを追いました。ボートは流れていってしまいました。

入江のあちこちに、顔が浮かび上がり、刃《やいば》がきらめいたかと思うと、悲鳴や歓声があがりました。混乱の中で、味方に一撃をくらわしてしまう者もいました。スミーのコルク栓抜き《コークスクリュー》、すなわち短剣が、トートルズの四番目の肋骨《ろっこつ》にねじ込まれましたが、次にはスミーもカーリーによって刺されました。岩からさらに離れたところでは、スターキーがスライトリーと双子を追いつめていました。

この時ピーターはどこにいたのでしょうか？　ピーターはもっと大きな獲物を求めていたのです。

他の男の子たちも、みんな勇敢でした。海賊の船長を恐れてしり込みしたからといって、責めてはいけません。フックは鉄の鉤爪《かぎづめ》を振り回して自分のまわりに死の海を作っていたので、みんなは怯《おび》えた魚のように逃げるしかなかったのです。

しかし、フックを恐れない者が一人いました。その死の海に入る覚悟を決めた者が一人いたのです。

奇妙なことに、二人が出くわしたのは水の中ではありませんでした。フックは一息入れようと岩に上がりましたが、ちょうどその時、ピーターも反対側から岩によじのぼったのです。岩はボールのようにツルツルしていて、二人は登るというより這《は》わなくてはなりませんでした。どちらも、相手が来ることなんて思ってもいませんでした。お互いに、何かつかむところがないかと手探りしていたところ、相手の腕をつかんでしまったのです。二人はびっくりして顔を上げました。顔はもうくっつきそうでした。二人はそんなふうに出くわしたのです。

偉大な英雄の中にも、戦いを始める直前は不安にかられると打ち明けている者もいます。その瞬間、ピーターが不安にかられたとしても、私はやむを得ないことだと思います。なんといっても、フックこそ、あの〝海の料理番《シーコック》〟こと大海賊ジョン・シルバーが恐れた唯一の男だったのです。しかし、ピーターは不安にかられたりしませんでした。ただ喜びを感じただけです。喜びのあまり、きれいな乳歯をギシギシ鳴らしたほどでした。あっというまに、フックのベルトからナイフを奪い、突き刺そうとしましたが、その時、自分の方が敵よりも高いところにいることに気づきました。これではフェアな戦いではありません。ピーターは海賊に手をかして引っぱり上げようとしました。

その時です、フックの鉤がピーターに一撃をくらわせたのは。

ピーターが放心状態になったのは、痛みのためではなく、フックのアンフェアな行為のせいでした。ピーターはまったく無力になりました。呆然《ぼうぜん》として、見つめることしかできませんでした。ピーターはまったく無力になりました。

しかできませんでした。どんな子どもも、大人のずるさを初めて知った時には、こんなふうになってしまうものです。子どもが大人と仲良くしようとする時、子どもは当然大人からフェアに扱われるものと思っています。アンフェアな扱いを受けたあとでも、子どもは大人を愛するでしょうが、もう以前と同じ子どもではありません。初めて知った大人のずるさを忘れられる子どもはいないのです。ピーターを除いては一人も。ピーターはしばしばそんな目にあってきましたが、いつも忘れてしまいました。私が思うに、それこそがピーターと他の子どもとの根本的な違いなのです。

そんなわけで、ピーターは今そういう目にあった時、初めてのように感じたのです。そして、何もできずに見つめることしかできなかったのです。鉄の手が二度、ピーターを引っかきました。

数分後、他の男の子たちはフックが海賊船に向かって狂ったように泳いでいくのを見ました。フックの邪悪な顔からはもう得意な表情は消え、真っ青な恐怖が浮かんでいるだけでした。というのは、例のワニが執拗《しつよう》にあとを追っていたからです。いつもだったら、男の子たちはやんやとはやしながら一緒に泳いだことでしょう。でも、今は、気にかかることがありました。ピーターもウェンディも見当たらなかったのです。男の子たちは二人の名前を呼びながら、入江じゅうを探しまわっているところでした。そのうちにボートが見つかったので、ボートに乗って、「ピーター、ウェンディ」と呼びかけながら帰っていきましたが、人魚たちのからかうような笑い声が返ってくるだけでした。「きっと泳いで帰るか、飛んで帰るかしたのさ」と男の子たちは結論を下しました。さほど心配していませんでした。ピーターなら大丈夫だと思っていたのです。男の子たちがよくやるように、みんな、思わずくすくす笑ってしまいました。寝る時間に間に合いそうもないからです。それもみんなウェンディお母さんが悪いのです！

男の子たちの声が消えると、入江に冷たい静寂が訪れました。ややあって、弱々しい叫び声がしました。

「助けて、助けて！」

二人の小さい人間が、〝置き去りの岩〟に打ちつけられていました。女の子は気を失い、男の子の腕にかかえられていました。ピーターは最後の力を振りしぼって、ウェンディを岩にひっぱり上げると、わきに横たわりました。ピーターも気が遠くなっていましたが、水位が上がってきているのはわかりました。まもなく溺れ死んでしまうと思いましたが、もはやどうすることもできませんでした。

ピーターとウェンディが並んで横たわっていると、一人の人魚がウェンディの脚をつかんで、そっと水中に引きずり込みはじめました。ピーターは、ウェンディが離れていくのに気づき、はっと目を覚ますと、危ういところで引き戻しました。もうウェンディに本当のことを言わないわけにはいかなくなりました。

「ぼくたちは岩の上にいるんだけどね、ウェンディ」ピーターは言いました。「岩がだんだん小さくなってきているのさ。まもなく、水没してしまうだろう」

ウェンディはそう言われてもまだピンときませんでした。

「では、行かなくては」ウェンディの口調は明るいといえるほどでした。

「ああ」ピーターはかすかな声で言いました。

「泳いでいくの、飛んでいくの、どっち？」

ピーターは話すしかありませんでした。

「きみは島まで泳いでいくか飛んでいくかできるかな、ぼくの助けなしに？」

ウェンディは疲れ切っていてむりだと認めざるを得ませんでした。

ピーターはうめきました。

「どうしたの？」ウェンディはすぐにピーターのことが心配になって、ききました。

「ぼくはきみに力を貸せないんだ、ウェンディ。フックにけがを負わされたものでね。飛ぶことも泳ぐこともできないんだ」

「じゃあ、二人とも溺れ死んでしまうということ？」

「ほら、水かさが増してきているだろ」

二人はそれを見ないように手で目をふさぎました。もうすぐ死んでしまうのだと思いました。こうして座っていた時、何かがキスのように軽くピーターに触れ、そこにそのままとどまりました。「わたし、何かお役に立てないかしら？」とおずおずと言っているかのようでした。

それは凧《たこ》のしっぽでした。マイケルが何日か前に作った凧ですが、マイケルの手から離れ、飛んでいってしまったのでした。

「マイケルの凧だね」ピーターは興味なさそうに言いましたが、次の瞬間、しっぽをつかみ、凧を引き寄せました。

「この凧はマイケルを地上から持ち上げたんだ」ピーターは大きな声で言いました。

「きみを運べるんじゃないか？」

「わたしたち二人ともよ！」

「二人はむりだよ。マイケルとカーリーがやってみたんだ」

「じゃあ、くじで決めましょう」ウェンディは勇敢にも言いました。

「レディ・ファーストだからね。そんなのだめだよ」ピーターはすでにウェンディの体に凧のしっぽを結びつけていました。ウェンディはピーターにしがみつきました。ピーター抜きで行くことを拒みました。でも、ピーターは「さよなら、ウェンディ」と言って、ウェンディを岩から押しやりました。数分のうちに、ウェンディはピーターの視界から消えました。ピーターは入江に一人取り残されたのでした。

岩はもうとても小さくなっていました。まもなく、水没してしまうでしょう。青白い光が水面にそっと忍び寄ってきました。やがて、この世で最も美しいと同時に最も物悲しい声が聞こえてくるはずです。人魚たちが月に呼びかけるのです。

ピーターは他の男の子たちと違っていました。でも、とうとう怖くなってきました。海面を小波《さざなみ》が伝わっていくように、体に震えが走りました。ただ、海の小波は次から次へと続き、何百にもなりますが、ピーターの震えは一回だけでした。次の瞬間、ピーターはまた岩の上にまっすぐ立っていました。顔には例の笑みを浮かべ、心の中では太鼓が打ち鳴らされていました。「死ぬことって、ものすごい大冒険だぞ」と太鼓は言っていました。

第9章　ネバーバード

ピーターが完全に一人になる前、最後に聞いた音は、人魚が一人また一人と海の底の寝室に帰っていく音でした。ピーターはそこから遠く離れすぎていたので、ドアが閉まる音は聞こえませんでした。でも、人魚が住む珊瑚《さんご》の洞穴のドアはすべて、開いたり閉まったりするたびに、小さなベルが鳴るようになっています（イギリス本国の立派な屋敷のように）。ピーターにはそのベルの音が聞こえたのです。

水かさはどんどん増して、ピーターにかかっていました。水に最後に飲み込まれるまでの時間をつぶすために、ピーターの足を沈めにかかっていました。ピーターは水上をただ一つ動くものを眺めていました。何か紙が漂っているんだろう、凧《たこ》の切れはしではないか、あれが岸にたどりつくまで、どれくらい時間がかかるだろうか――そんなことをぼんやり考えました。

やがて、ピーターは奇妙なことに気づきました。その紙は疑いなく、何かはっきりした目的があって入江に出ているのです。なぜなら、潮の流れに逆らって、時々勝ちながら進んでいるからです。いつも弱い者に味方するピーターは、その紙が潮の流れを負かすと、思わず拍手してしまいました。なんと勇敢な紙なのでしょう。

本当はそれは紙ではなく、ネバーバードでした。巣に乗って必死にピーターのところまで行こうとしていたのです。巣が水に落ちて以来覚えたやり方で、翼をうまく動かすことによって、ある程度その奇妙な乗り物を操ることができました。でも、ピーターがネバーバードだと気づいた時には、彼女は疲れ切っていました。ネバーバードはピーターを救いに来たのです。巣には卵が入っていましたが、巣を提供するつもりでした。私にはその鳥の行動が不思議に思えます。というのは、ピーターはネバーバードに親切にしていましたが、いじめることもあったからです。私が思うに、ダーリング夫人や他のお母さんと同様、乳歯が一本残らず生え揃《そろ》っているピーターを見て、母性本能をくすぐられてしまったのではないのでしょうか。

ネバーバードは、何のために来たのかをピーターに大声で伝えました。ピーターの方は、そんなところで何をしているんだと大声できました。でも、もちろん、二人とも相手の言葉がわかりませんでした。空想的な物語では、人が自由に鳥と話せます。私としても、ひとまず、これはそうした物語だということにして、ピーターがネバーバードにしっかり返事をしたと言いたいところなのです。しかし、真実を語るのが一番です。実際に起こったことだけを話したいと思います。さて、二人はお互いに相手の言葉がわからなかったばかりか、マナーも忘れてしまったのでした。

「あなたに――この巣に――入って――ほしいの」ネバーバードはできるだけゆっくりはっきりと話しかけました。「そしたら――あなたは――岸まで――流れて――いける。でも――わたしは――疲れ切って――いるので――この巣を――これ以上――近くに――運べない――だから――あなたの――方から――この巣まで――泳いで――きて」

「何をガーガー言ってるんだ？」ピーターは応じました。「どうしていつもみたいに巣を流れにまかせて進まないんだ？」

「この巣に――入って――ほしいの」ネバーバードはもう一度同じことを言いました。

そこで、ピーターもゆっくりはっきり言ってみました。

「何を――ガーガー――言って――るんだ？」といった具合に。

ネバーバードはいらいらしてきました。ネバーバードという鳥は短気なのです。

「こののろまのチビのカケスめ」ネバーバードは金切り声をあげました。「どうして言うとおりにしないのよ」

ピーターは自分が罵《ののし》られているとわかりました。そこで、とりあえず、激しく言い返しました。

「おまえの方こそ！」

それから、奇妙なことに、二人は同時に同じ言葉を発しました。

「黙れ！」

「黙れ！」

にもかかわらず、ネバーバードはできることならピーターを救おうと心に決めていたのです。最後の力を振りしぼって、巣を岩まで運びました。それから、飛びたちました――自分の意思をはっきり伝えるために、卵を置いたまま。

その時になって、ピーターはようやく意味をのみ込み、巣をつかむと、頭上で羽ばたいているネバーバードに手を振って感謝の気持ちを伝えました。でも、ネバーバードが空中にとどまっていたのは、ピーターの謝意を受けるためではありませんでした。ピーターが巣に入るのを見届けるためでもありませんでした。ピーターが卵をどうするかを確かめるためでした。

大きな白い卵が二つありました。ピーターは卵を手にとると、考えました。ネバーバードは翼で顔をおおいました。自分の卵の最後を見たくなかったのです。でも、羽のあいだから見ないではいられませんでした。

ところで、みなさんにお話ししたかどうか忘れてしまいましたが、この〝置き去りの岩〟の上には棒が立っていました。大昔のこと、ある海賊が宝を埋めた場所の目じるしとして岩に打ち込んだのです。その光り輝く金銀財宝をもう発見していた子どもたちは、いたずらをしたくなった時には、ポルトガルの金貨やら、ダイヤモンドやら、真珠やら、スペインの銀貨やらを雨あられとカモメに投げつけていました。カモメは食べ物だと思って飛びつきますが、ずる賢いいたずらだったとわかると、かんかんになって飛び去りました。その宝の目じるしの棒がまだ岩に立っていて、その上にはスターキーの帽子が引っかけてあったのです。水夫用の深い防水帽で、広いつばがついていました。ピーターは卵をこの帽子の中に入れると、水面におろしました。帽子はうまい具合に浮きました。

ネバーバードにはピーターがどうするつもりかすぐにわかったので、甲高い声をあげてピーターを賞賛しました。すると、まあ、ピーターまでも自分を絶賛して一緒に歓声をあげたのでした。その後、ピーターは巣に乗ると、マスト代わりに棒を立て、シャツをかけて帆にしました。同じ時、ネバーバードは帽子の上に舞い降りて、ふたたび卵を抱きはじめました。ネバーバードは一方に漂っていき、ピーターは別の方向に運ばれていきました。二人とも喜びの声をあげながら。

もちろん、ピーターは上陸した時、ネバーバードがすぐに見つけられそうな場所にその小さな帆船を置いておきました。でも、帽子の居心地がとてもよかったので、ネバーバードは元の巣を使うのをやめました。巣は漂っているうちに、バラバラになってしまいました。スターキーはよく人魚の入江の岸まで行っては、苦々しく思いながら、ネバーバードが自分の帽子に座っているのを見つめたものです。私たちは二度とネバーバードと会うことはないでしょう。なので、ここでお話ししておいた方がいいと思うのですが、今ではどのネバーバードも、広いつばのついた帽子形の巣を作っています。そして、雛《ひな》がつばの上をヨチヨチ歩いています。

ピーターが地下の家に帰ってきた時は、みんな大喜びしました。凧であちこちに流されてしまったウェンディは、ピーターのほんの少し前に着いていました。どの男の子にも、話したい冒険談がありました。でも、最大の冒険は、ベッドに入るのがいつもより数時間遅くなったことでした。このため、みんな調子に乗って、例えば、包帯をしてよと言ってみたり、あの手この手を使って、もっと長く起きていようとしました。でも、ウェンディは、みんなが無事家に帰れたことを喜んでいましたが、寝るのがそんなに遅くなったことにはあきれて、「さあ、もう寝なさい、寝なさい」と、従うしかないような声で叫びました。でも、次の日になると、ウェンディはとてもやさしくなって、全員に包帯を配ってくれました。男の子たちは寝る時間になるまで、片足で歩いたり、包帯で腕を吊《つ》ったりして遊びました。

第10章　楽しい一家団欒《だんらん》

人魚の入江での戦いの後、大きく変わったことがあるのですが、それはインディアンがピーターたちの味方になったことです。ピーターがタイガー・リリーを恐ろしい運命から救ったので、タイガー・リリーと彼女の戦士たちは今や、ピーターのためなら何でもする覚悟でいました。一晩じゅう、地上に座って、地下の家を見張ってくれていました。遠からず海賊たちが大攻撃をかけてくるのは明らかだったので、待機していたのです。昼間でさえ、平和のパイプを吸ったり、何かおいしい物を食べたいとでもいうような顔をしたりしながら、あたりを歩いていました。

インディアンはピーターを〝偉大なる白人の父〟と呼び、ピーターの前にひれ伏しました。ピーターはこれをとても気に入りましたが、ピーターにとって本当はいいことではありませんでした。

「偉大なる白人の父は」と、ピーターは足元にひれ伏すインディアンたちに向かって王様のような態度で言うのでした。「ピカニニ族の戦士が海賊からこの家を守ってくれるのをうれしく思っておるぞ」

「わたし、タイガー・リリー」美しいインディアンの娘が応じます。「ピーター・パン、わたし救う。わたし、ピーターのとてもよい友だち。わたし、海賊にピーターけがさせない」

タイガー・リリーはあまりに美しすぎたので、こんなふうにぺこぺこするのは不似合いだったのですが、ピーターは当然のことだと思って、威張った口調で答えるのでした。「よろしい。ピーター・パンの話はこれにて終わりだ」

ピーターが「ピーター・パンの話はこれにて終わりだ」と言ったら、インディアンはもう口を閉じなくてはいけないということでした。謹んで仰《おお》せに従いました。でも、インディアンは他の男の子のことはちっとも敬いませんでした。ただの普通の戦士と見なしていたのです。「よう」とか、そんなふうな口のきき方をしました。男の子たちが不満だったのは、どうやらピーターがそれでいいと思っていることでした。

ウェンディは、内心では少し男の子たちに同情しましたが、あくまで妻として夫をしっかり支える立場だったので、父親に対する不平には耳を貸しませんでした。「お父さんは間違ったことはしませんよ」ウェンディは、自分の個人的な意見がどうであれ、いつもそう言いました。個人的には、ウェンディはインディアンから〝オンナ〟

と呼ばれるのがいやでした。

さて、とうとう、私たちの物語も、後に〝夜の中の夜〟として知られるようになる晩を迎えました。その夜起こった冒険の数々と結末のために、そんなふうに呼ばれているのです。その日の昼は、まるで静かに力を蓄えているかのように平穏無事にすぎ、今、地上のインディアンは毛布にくるまって持ち場につき、地下の子どもたちは夕食をとっていました。時間を確かめるために外出していたピーターを除いて全員です。この島で時間を知るには、ワニを見つけ、ワニのお腹《なか》の時計が鳴るまで、そばにいなければならないのです。

この夜の食事は、食べるふりをするだけの夕食ごっこでした。子どもたちは食卓を囲んで座り、がつがつ食べました。おしゃべりやら喧嘩《けんか》やらで騒がしく、ウェンディいわく、それこそ耳をつんざくほどでした。念のために言っておくと、ウェンディがいやだったのは、やかましい音ではなく、物をひったくったりしてから、トートルズが肘《ひじ》を押したせいだなどと言い訳をすることでした。食事中はやり返してはいけない、行儀よく右手をあげて「誰それがいけない」と訴え、問題の解決をウェンディに委《ゆだ》ねる、という決まりがあったのです。でも、たいがいは、みんなそうするのを忘れるかでなければ、やりすぎてしまうのでした。

「静かに」とウェンディは叫びました。もう二十回も、同時にしゃべるのはやめなさいと言ったのです。「あなたのヒョウタンのカップ、もう空っぽなの、スライトリー？」

「まだ空っぽじゃないよ、お母さん」スライトリーは想像上のカップをのぞき込んでから言いました。

「スライトリーはまだミルクに口をつけてもいないよ」ニブズが口をはさみました。これはずるい告げ口でした。スライトリーはこのチャンスを逃しませんでした。

「ニブズがいけない」スライトリーはすぐに叫びました。

しかし、ジョンがその前に手をあげていました。

「何かしら、ジョン？」

「ピーターの椅子《いす》に座ってもいい？　ここにいないんだから」

「お父さんの椅子に座るですって、ジョン！」ウェンディはあきれてしまいました。

「だめに決まっているでしょ」

「ピーターはぼくたちの本当のお父さんじゃないよ」ジョンは応じました。「ぼくが教えてやるまで、お父さんがどうするものなのかも知らなかったんだから」

これは不平でした。「ジョンはいけない」双子が叫びました。

トートルズが手をあげました。トートルズはみんなの中で一番控えめだったので──本当のところ、控えめな子はトートルズだけでした──ウェンディはとりわけトートルズにはやさしくしていました。

「ぼくがお父さんになることはできないのかなあ」トートルズは遠慮がちに言いました。

「なれないわね、トートルズ」

トートルズはいったん話しはじめると──めったに話さないのですが──話がとまらなくなるという変な癖がありました。

「ぼく、お父さんになれないんだから」トートルズはのろのろとした口調で言いました。「マイケル、きみ、ぼくを赤ん坊にしてくれないかな?」

「やだよ、してやらない」マイケルはきっぱりと答えました。マイケルはもうバスケットの中に入っていました。

「ぼく、赤ん坊になれないんだから」トートルズはますますのろのろと言いました。「双子になれると思うかい?」

「いや、だめだね」双子は答えました。「双子になるのはすごく難しいんだから」

「ぼく、これといったものになれないんだから」トートルズは言いました。「誰か、ぼくの手品を見たくないかな?」

「見たくない」みんなは同時に答えました。

そこでトートルズはようやく話すのをやめました。「ぼく、どうせだめだと思っていたんだ」

あの不愉快な告げ口がまた始まりました。

「スライトリーがテーブルに向かって咳《せき》をしてる」

「双子がマミーアップルから食べはじめた」

「カーリーがタパのロールパンもヤマイモも食べてる」

「ニブズが口いっぱいに頬ばりながらしゃべっている」

「双子がいけない」

「カーリーがいけない」

「ニブズがいけない」

「さあさあ、もう、いい加減にして」ウェンディは叫びました。「子どもなんてやっかいなだけで、いらないって思ってしまうことがあるわ」

ウェンディは子どもたちにあと片づけをするように言うと、繕いものの入ったバスケットのところまで行って腰をおろしました。いつものように、かかとに穴のあいた靴下がどっさりあったのです。

「ウェンディ」マイケルが抗議しました。「ぼく、ゆりかごで寝るには大きすぎるよ」

「誰かにゆりかごで寝てもらわなくてはいけないの」ウェンディは厳しいといっていいほどの口調で言いました。「あなたが一番小さいんだから。ゆりかごが家にあるとね、とても家庭的な雰囲気がするのよ」

ウェンディが縫いものをしているあいだ、子どもたちはまわりで遊んでいました。楽しそうな顔や踊っている手足がいくつも、あのロマンチックな炎に照らされていました。この地下の家では、こうした一家団欒の光景がごく普通になっていたのですが、私たちがこれを見るのは、今夜が最後なのです。

地上で足音がしました。それが誰の足音か真っ先にわかったのは、当然のことながら、ウェンディでした。

「さあ、みんな、お父さんの足音が聞こえるわ。玄関でお出迎えしたら喜ぶわよ」

地上では、インディアンたちがピーターの前にひれ伏していました。

「しっかり見張っているのだぞ、戦士諸君。話はこれにて終わりだ」

それから、これまで何度もしたように、陽気な子どもたちはピーターを木から引きおろしました。これまで何度もしたことですが、もう二度とすることはないのです。

ピーターは子どもたちのために木の実を取ってきてくれました。ウェンディには正確な時間を調べてきてくれました。

「ピーター、子どもたちを甘やかしてばかりいてはだめよ」ウェンディは笑いながら言いました。

「わかっているよ、奥さん」ピーターは銃を壁にかけました。

「お母さんを奥さんと呼ぶようにって教えたのはぼくなんだぞ」マイケルはカーリーにささやきました。

「マイケルはいけない」カーリーはすぐさま言いました。

双子の兄の方がピーターのところまで行きました。「お父さん、踊りたいよ」

「さあ、踊りなさい、おチビさん」ピーターは言いました。とても上機嫌でした。

「お父さんにも踊ってほしいんだ」

ピーターは、本当はこの一家で一番踊りが上手でしたが、あきれたふりをしました。

「わしが？　そんなことしたら、年とった骨がガタピシいってしまう」

「お母さんも踊ってよ」

「なんですって」ウェンディは叫びました。「こんなにたくさん仕事をかかえたお母さんが踊るですって？」

「でも、土曜の夜なんだよ」スライトリーが遠まわしに言いました。

本当は土曜の夜ではありませんでした。もしかしたらそうだったかもしれませんが、とうの昔に日にちがわからなくなっていたのです。でも、何か特別なことをしたい時には、今日は土曜の夜だと言ってから、それをする習慣ができていたのです。

「そうだったわ、今日は土曜の夜よ、ピーター」ウェンディは気持ちを和らげて言いました。

「いい年をしてどんなものかね、ウェンディ」

「でも、他人に見られているわけではないし」

「うむ、確かに」

そんなわけで、みんなは踊ってもいいと言われましたが、その前に寝間着に着替えなくてはなりません。

「ああ、奥さんや」ピーターは暖炉で体を温めながら、わきにいるウェンディを見下ろして言いました。ウェンディは座って、靴下のかかとを引っくり返しているところでした。「おまえとわしにとって、一日の仕事が終わって夜、暖炉のそばで子どもたちとくつろぐことほど楽しいことはないね」

「まさに一家団欒の楽しみね、ピーター」ウェンディはすっかり満足しながら言いました。「ピーター、カーリーの鼻、あなたにそっくりよ」

「マイケルはおまえによく似ているな」

ウェンディはピーターに近づき、肩に手をかけました。

「ねえ、ピーター」ウェンディは言いました。「こんなにたくさん子どもを生んで、もちろん、わたしはもう女の盛りをすぎているわ。でも、あなた、このままのわたしでいいですね？」

「いいとも、ウェンディ」

ピーターは確かにこのままでいいと言いましたが、落ち着かないようすでウェンディを見ました。起きているのか寝ているのかわからない人のように、目をしばたたきながら。

「ピーター、どうしたの？」

「ちょっと考えていただけだよ」ピーターは少しビクビクしているように言いました。

「ぼくがお父さんだというのは、ただのまねごとなんだろ？」

「ええ、そうよ」ウェンディはとりすまして言いました。

「だってさ」ピーターはすまなそうに話を続けました。「みんなの本当のお父さんならね、ぼくはすごく年をとっていなくちゃおかしいだろ」

「でも、みんなわたしたちの子どもよ、ピーター、あなたとわたしの」

「でも、本当じゃないだろ、ウェンディ？」ピーターは心配そうにききました。

「ええ、あなたが望まないなら」ウェンディは答えました。ピーターの安堵《あんど》のため息がはっきりと聞きとれました。「ピーター」ウェンディはできるかぎりきっぱりとした口調でききました。「本当のところ、あなた、わたしをどう思っているの？」

「お母さん思いの息子と同じ気持ちだよ、ウェンディ」

「だと思っていたわ」ウェンディはそう言うと、部屋の一番奥まで行って一人で座りました。

「きみって、ものすごく変だな」ピーターは本気でとまどいながら言いました。「タイガー・リリーも同じだけどね。彼女、ぼくの何かになりたがっているんだけど、お母さんじゃないって言うのさ」

「ええ、そうじゃないでしょうよ」ウェンディは怖いほど強い口調で言いました。どうしてウェンディがインディアンを快く思っていなかったのか、これで私たちにもわかりましたね。

「じゃあ、何になりたいのさ？」

「レディの口から言うことじゃないわ」

「なら、けっこうさ」ピーターは少しいらいらして言いました。「たぶん、ティンカー・ベルが教えてくれる」

「ええ、そうね、ティンカー・ベルなら教えてくれるでしょうよ」ウェンディはばかにしたように言い返しました。「見捨てられたおチビな妖精《ようせい》ですもの」

この時、自分の部屋で盗み聞きをしていたティンクが、何か生意気なことをキーキー声で言いました。

「見捨てられて光栄だって言ってるよ」ピーターが通訳しました。

ピーターはふと思いつきました。「ひょっとしたら、ティンクはぼくのお母さんになりたいのかな？」

「このバーカ！」ティンカー・ベルはかっとなって叫びました。

ティンカー・ベルはこの言葉を何度も使ったことがあるので、ウェンディには通訳がいりませんでした。

「わたしもティンカー・ベルにほぼ同感よ」ウェンディは責めるように言いました。

ウェンディがピーターを責めるなんて。でも、ウェンディはこれまでいろいろ耐えてきたのだし、この日の夜が明ける前に何が起こるか、知らなかったのです。もし知っていたら、ピーターを責めたりしなかったでしょう。

誰も知らなかったのです。たぶん、知らなくてかえってよかったのでしょう。知らなかったおかげで、みんなはもう一時間、余分に楽しい時間をすごせました。それが島での最後の時間になったのですから、私たちもその中に楽しい一分が六十個も詰まっていたことを喜びましょう。みんなは寝間着のまま、歌い、踊りました。自分の影に怯《おび》えてしまう、とてもおもしろくてゾッとするような歌でした。みんな夢にも思っていなかったのです。まもなく、暗黒の影が迫ってきて、心底からの恐怖に縮みあがることを。踊りはといえば、騒々しいほど陽気でした。ベッドに乗ったり降りたりして、お互いにぶつかり合っていたのです。踊りというより、枕合戦《まくらがっせん》でした。それが終わった時、枕はもう一勝負してくれとせがみました――二度と会えないことがわかっている相棒のように。ウェンディがおやすみ前のお話をするまで、みんなもそれぞれお話をしました！　スライトリーでさえ、その夜はお話をしようとしましたが、出だしがあまりにも退屈だったので、自分でもショックを受け、気落ちした表情で言いました。

「うん、確かに退屈な出だしだね。じゃあ、出だしが終わりだというふりをしよう」

そして最後に、みんなはウェンディのお話を聞くためにベッドに入りました。みんなが一番好きな話、ピーターが大嫌いな話です。ウェンディがこのお話を始めると、いつもピーターは、部屋を出るか、両手で耳をふさぎました。今度もそのどちらかをやっていたら、島にまだ全員いたかもしれません。でも、今夜、ピーターはスツールにじっと座っていました。何が起こったのか、私たちにもまもなくわかるでしょう。

第11章　ウェンディのおやすみ前のお話

「では、始めるわよ」ウェンディはそう言うと、お話にとりかかりました。マイケルはウェンディの足元に、七人の男の子はベッドの中にいました。「昔、一人の男の人がいました――」

「女の人の方がいいな」カーリーが言いました。

「白ネズミだったらいいのに」ニブズが言いました。

「静かに」お母さんはたしなめました。「女の人もいました。そして――」

「ねえ、お母さん」双子の兄が叫びました。「女の人もいます、ってことでしょ？だって、死んでないんでしょ？」

「ええ、死んでなんかいないわ」

「死んでいなくて、ぼく、とてもうれしいよ」トートルズが言いました。「きみはうれしい、ジョン？」

「もちろん、うれしいさ」

「きみはうれしい、ニブズ？」

「まあね」

「きみたちはうれしいかい、双子？」

「うれしいとも」

「さあ、もういいでしょ」ウェンディはため息をつきました。

「もうちょっと静かにしろ」ピーターが大声をあげました。この話が自分にとってどんないまいましいものだとしても、ウェンディにはちゃんと話をさせてやりたい、と思ったからです。

「男の人は」ウェンディは話を続けました。「ダーリング氏といいました。女の人はダーリング夫人といいました」

「ぼく、その人たち、知ってたよ」ジョンがそう言ったので、他の男の子たちはムッとしました。

「ぼくも知ってたような気がする」マイケルが自信なさそうに言いました。

「二人は夫婦だったのです」ウェンディは説明しました。「二人の家には何がいたと思いますか？」

「白ネズミ」ニブズが思いつきで叫びました。

「違うわ」

「さっぱりわからないな」トートルズが言いましたが、トートルズはこの話をもう暗記していました。

「静かに、トートルズ。三人の子孫がいたのです」

「子孫って何？」

「ええと、あなたも子孫の一人なのよ、双子さん」

「聞いたかい、ジョン？　ぼくは子孫なのさ」

「子孫は子どもだけだよ」ジョンは言いました。

「さあ、それくらいにして」ウェンディはため息をつきました。「さて、この三人の子どもにはナナという忠実な子守がいました。でも、ダーリング氏はナナに腹を立て、庭につないでしまいました。すると、子どもたちはみんな飛んでいってしまったのです」

「とってもいい話だね」ニブズが言いました。

「子どもたちは飛んでいってしまいました」ウェンディは話を続けました。「迷子たちのいるネバーランドへと」

「そうだと思ったよ」カーリーが興奮して口をはさみました。「どうしてかはわからないけど、そうだと思ったんだ」

「ねえ、ウェンディ」トートルズが叫びました。「迷子たちの一人はトートルズって呼ばれてた？」

「ええ、そうだったわ」

「ぼくはお話に出てくるんだね。やったー、ぼく、お話に出てくるんだぞ、ニブズ」

「しっ、黙って。それでね、わたしはみんなに考えてみてほしいの。子どもがみんな飛んでいってしまった不幸な両親の気持ちを」

「うう！」みんなはうめきました。本当は、不幸な両親の気持ちなどちっとも考えていませんでしたが。

「空っぽのベッドを想像してみて」

「うう！」

「とっても悲しいことだね」双子の兄が愉快そうに言いました。

「この話、どうしたらめでたしめでたしって終わるんだろうな」双子の弟が言いました。「わかる、ニブズ？」

「ものすごく心配だよ」

「お母さんの愛情がどんなに大きいものか知ったら」ウェンディは得意満面で言いま

した。「心配することなんかなくなるわ」話はピーターが大嫌いな場面まで進んでいました。

「ぼく、お母さんの愛情が好きだな」トートルズがニブズを枕でたたきながら言いました。「きみはお母さんの愛情が好きかい、ニブズ？」

「好きさ」ニブズはたたき返しながら言いました。

「いいこと」ウェンディは満足げに言いました。「この物語に出てくる女の子は、お母さんが窓を開けたままにしておいてくれることを知っていたのよ——飛んで帰ってくる子どもたちがいつでも入れるように。だから、三人の子どもは何年も家から離れ、楽しい時をすごせたのよ」

「三人は帰ったの？」

「それでは、今ここで」ウェンディはここが山場とばかりに力をこめて言いました。「ひとつ未来をのぞいてみましょう」すると、みんなは未来をのぞきやすいように体をねじりました。「何年かたちました。ロンドン駅に降りたった、年齢のはっきりしないこのエレガントなレディは誰でしょう？」

「ねえ、ウェンディ、誰なの？」ニブズが、まるでこの話を初めて聞いたようにすっかり興奮して、叫びました。

「もしかすると——そうだ——いや、違う——それは、そう——すっかりきれいになったウェンディだ！」

「おお！」

「それでは、ウェンディに同行している二人の品のいい堂々とした男の人は誰でしょう？　もうすっかり大人になっていますが。ジョンとマイケルでしょうか？　そうなんです！」

「おお！」

「『ほら、見て、弟たち』と、ウェンディは上の方を指さしながら言います。『窓がまだ開いたままになっているわ。ああ、わたしたちがお母さんの愛情を真摯《しんし》に信じていたおかげよ』そこで、三人はお母さんとお父さんのところまで飛んでいきました。この幸せな場面は、ペンではとても描けません。ベールをかけて隠すことにします」

これでウェンディのお話は終わりでした。みんなは、美しい語り手本人と同じくらい、その話に満足しました。そうであったらいいと思うようなことばかりですからね。子どもというのは、世界一非情な生き物のように飛びだしていってしまいますが、それが子どもというもので、そこが魅力でもあるのです。手前勝手な行動をとっておきながら、親に世話してもらいたくなると、すまして帰ってきます。ぶたれるわけはなく、抱きしめられるに決まっているると思っているのです。

ウェンディと二人の弟はお母さんの愛情を心の底から信じていたので、もうしばらく身勝手な行動をとっていてもいいような気がしました。

でも、この点に関してもっと詳しく知っている者が一人いたのです。ウェンディが話を終えると、その者が空《うつ》ろなうなり声をあげました。

「どうしたの、ピーター？」ウェンディは大声で言うと、病気ではないかと思ってピーターに駆け寄りました。心配して胸の下あたりをさすりました。「どこが痛むの、ピーター？」

「そういう痛みじゃないんだ」ピーターは暗い表情で答えました。

「じゃあ、どんな痛みなの？」

「ウェンディ、きみのお母さんについての考えは間違っているよ」

子どもたちはみんな驚いてピーターのまわりに集まりました。ピーターが取り乱しているようすなので、とても気がかりでした。ピーターは今まで隠していたことを正直にそのまま話しました。

「昔はね」ピーターは言いました。「ぼくもきみたちと同じように思っていたんだよ。お母さんがぼくのためにいつでも窓を開けておいてくれるだろうって。だから、ぼくはいく夜もいく夜もいく夜も家に帰らずにいて、それから、飛んで帰ったんだ。でも、窓は閉まっていて、かんぬきがかけられていた。お母さんはぼくのことをすっかり忘れてしまっていたからだ。ぼくのベッドには、別の小さな男の子が寝ていた」

この話が本当かどうか私にはわかりませんが、ピーターは本当だと思っていました。それでみんなは怖くなってしまいました。

「お母さんて、ほんとにそんなふうなの？」

「ああ」

では、それこそがお母さんの本当の姿なのです。ひどいやつらだ！

とはいえ、ここは慎重を期して確かめるのが一番です。子どもほど引きぎわを早く知る者はいません。「ウェンディ、もう家に帰ろうよ」ジョンとマイケルが同時に叫びました。

「そうね」ウェンディは二人を抱きしめながら言いました。

「今夜じゃないでしょ？」迷子たちがとまどってききました。迷子たちは、自分らが〝心〟と呼んでいるものの中で、わかっていたのです——子どもがお母さんなしでもけっこううまくやっていけることを、やっていけないと思っているのはお母さんだけだということを。

「すぐによ」ウェンディは固く心に決めて答えました。恐ろしい考えが頭に浮かんだからです。「今頃もう、お母さんはわたしたちがとうに死んだと思っているかもしれないわ」

この恐怖のせいで、ウェンディはピーターがどんな思いでいるのかを忘れてしまい、そっけない口調で言いました。「ピーター、必要な手はずを整えてくれる？」

「きみが望むなら」ピーターは答えました。まるで木の実をとってちょうだいと言われたかのように平然とした口調でした。

二人のあいだには〝会えなくなったら悲しい〟という雰囲気はまったくありませんでした！　ピーターはこう思いました――もしウェンディが別れたって平気だというなら、こっちだってへっちゃらなところを見せてやるさ、と。

でも、もちろん、ピーターは平気どころではありませんでした。いつものように何もかも台なしにしてしまう大人に対する怒りでいっぱいでした。だから、自分の木の中に入るなり、わざと一秒に五回くらいの割合で短くて早い息をしました。ピーターがこうしたのは、ネバーランドには、誰かが息をするたびに大人が一人死ぬという言い伝えがあるからです。ピーターは復讐心《ふくしゅうしん》を燃やして、できるだけ早く大人を抹殺していきました。

それから、インディアンに必要な指示を出すと、家に帰りました。家では、ピーターがいないあいだに、あるまじき事態が生じていました。迷子たちがウェンディを失うと思ってパニックに陥り、脅すようにしてウェンディに迫っていたのです。

「ウェンディが来る前より、もっとひどくなっちゃうぞ」迷子たちは叫びました。

「行かせるものか」

「閉じ込めちゃおう」

「よし、鎖でつなげ」

窮地に追いこまれたウェンディは、誰に助けを求めればいいか、本能的に知りました。

「トートルズ」とウェンディは叫びました。「お願い、どうにかして」

妙ではありませんか？　ウェンディがトートルズに頼むなんて。なにしろ一番頭の鈍い子なのですから。

しかし、トートルズは立派に応じました。その瞬間、愚かさを捨て、威厳をもって話したのです。

「ぼくはただのトートルズだ。誰もぼくのことなんか気にとめない。でも、ウェンディにイギリスの紳士らしくふるまわない者がいたら、誰だってぼくが血まみれにしてやるからな」

トートルズは短剣を抜きました。その瞬間、トートルズの意気は天をつきました。他の迷子たちはそわそわとして思いとどまりました。その時です、ピーターが帰ってきたのは。迷子たちはすぐさま、ピーターに加勢してもらえないとわかりました。ピーターは、いやがる女の子をネバーランドにひきとめるようなまねはしないからです。

「ウェンディ」ピーターは大股《おおまた》で行ったり来たりしながら言いました。「インディアンに頼んできたよ、きみを案内して森を抜けていくように。きみは飛ぶと疲れるからね」

「ありがとう、ピーター」

「それから」ピーターは、命令しなれている感じの短く鋭い声で話を続けました。「ティンカー・ベルが海上を案内する。ティンクを起こせ、ニブズ」

ニブズが二回ノックすると、やっと返事がありました。実をいうと、ティンクはベッドの上に起き上がって、しばらく前から聞き耳を立てていたのですが。

「誰なのよ？　よしてくれない？　あっち行ってよ」ティンクは叫びました。

「起きるんだ、ティンク」ニブズは呼びかけました。「ウェンディの旅の案内をするんだ」

もちろん、ティンクは、ウェンディが帰ると聞いて喜んでいました。でも、ウェンディのお供をするなんて絶対にごめんだったのです。だから、もっと激しい言葉でそう答えてから、また眠ったふりをしました。

「行かないってさ」ニブズは、ティンクの頑《かたく》なな反抗ぶりに驚いて、大声で言いました。すると、ピーターは険しい表情をして、その若いレディの部屋の方に行きました。

「ティンク」ピーターはどなりました。「今すぐ起きて着替えないと、カーテンを開けてしまうぞ。そしたら、みんなにネグリジェ姿を見られるぞ」

これを聞くと、ティンクはベッドから飛びおりました。「あたしが起きないなんて、誰が言った?」ティンクは叫びました。

一方、男の子たちはウェンディをとても寂しげに見つめていました。ウェンディはもうジョンとマイケルと一緒に旅の支度を終えていました。この頃には、迷子たちはしょげかえっていました。ただウェンディを失ってしまうからというばかりでなく、自分たちは連れていってもらえないおもしろい場所にウェンディが行くような気がするからでした。なんであれ、目新しいことというのは、迷子たちの心をひきつけてやまなかったのです。

ウェンディは、迷子たちがもっと気高い気持ちを抱いているものだと思って、ついほろりとしてしまいました。

「あのね、みんな」とウェンディは言いました。「もし一緒に来るなら、わたし、お父さんとお母さんに頼んであなたたちをうちの子にしてもらうわ」

　特にピーターに来てほしくてそんなふうに誘ったのですが、どの迷子も自分だけが誘われたと思って、喜びのあまり飛び上がりました。

「でも、多すぎると思われるんじゃない？」ニブズが飛び上がりながらききました。

「いいえ、そんなことないわ」ウェンディは急いで考えながら言いました。「客間にベッドをいくつか置けばいいだけよ。第一木曜日にはいつもお母さんのお友だちが来るけど、ついたてで隠せばすむし」

「ピーター、行ってもいい？」迷子たちはいっせいに懇願するように叫びました。自分たちが行くなら当然ピーターも来るものと思っていましたが、本当のところ、どっちだろうとかまいませんでした。目新しそうなことが待っているとなると、子どもは最愛の者さえ見捨ててしまうものなのです。

「いいとも」ピーターは苦々しい笑みを浮かべて答えました。すると、すぐに迷子たちは持ち物を取りに走りだしました。

「それじゃ、ピーター」これで何もかもうまくいったわと思いながら、ウェンディは言いました。「出発する前に、お薬をあげるわ」ウェンディは子どもたちに薬を飲ませるのが大好きで、まちがいなく、飲ませすぎていました。もちろん、ただの水でしたが、ヒョウタンの容器に入れてありました。ウェンディはいつもヒョウタンを振り、何滴かしっかり数えたので、いかにも薬のような感じがしました。しかし、この時は、ピーターに薬をあげられませんでした。薬を用意したあと、ピーターの顔を見て、急に不安に襲われたからです。

「持ち物を取ってきなさいよ、ピーター」ウェンディは身震いしながら言いました。

「いや」ピーターは無関心を装《よそお》いながら答えました。「一緒に行くつもりはないよ、ウェンディ」

「来て、ピーター」

「行かない」

ウェンディが行ってしまっても全然へっちゃらだということを示すために、ピーターは寂しい音色の笛をさも楽しげに吹きながら、部屋の中をぴょんぴょん跳ねまわりました。ウェンディはピーターのあとを追って走りまわらなくてはなりませんでした。あまり格好のいいことではありませんでしたが。

「あなたのお母さんを見つけましょうよ」ウェンディはなだめすかしました。

ピーターに昔お母さんがいたとしても、今はもう会いたいとも思いませんでした。お母さんなしでもうまくやっていけるのです。ピーターは何人ものお母さんのことを考えてみましたが、悪いことしか思い浮かびませんでした。

「お断りだね」ピーターはウェンディにきっぱりと言いました。「たぶん、お母さんは、ぼくがもう大きすぎると言うよ。ぼくはいつまでも小さな子どものままでいて、楽しいことをしていたいんだ」

「でも、ピーター――」

「いやだ」

そこで、他の迷子たちにも伝えないわけにはいきませんでした。

「ピーターは来ないわ」

ピーターが来ないだって！　迷子たちはぽかんとピーターを見つめました。どの迷子ももう、包みを縛りつけた棒を肩にかついでいました。迷子たちが最初に考えたのは、もしピーターが行かないなら、気が変わって自分たちも行かせてくれないんじゃないか、ということでした。

でも、そんなことを言うのはピーターのプライドが許しませんでした。「お母さんが見つかったら」と、ピーターはそれとなく脅すように言いました。「きみたちがお母さんを好きになれるように願うよ」

　恐ろしいまでに皮肉なこの言葉のせいで、迷子たちはなんだか落ち着かなくなり、ほとんどの迷子が自信なさそうな表情を浮かべはじめました。やっぱり、行きたがるなんてばかじゃないか、とその顔は言っていました。

「よし、それじゃ」ピーターは大声で言いました。「騒いだり、泣いたりするんじゃないぞ。さようなら、ウェンディ」ピーターは元気よく手を差しだしました——さあ、もうさっさと行ってくれ、こっちには大事な用事があるんだから、とでも言うように。

　ウェンディはピーターと握手するしかありませんでした。ピーターが〝指ぬき〟の方がいいというそぶりをまったく見せなかったからです。

「肌着を替えるのを忘れないでね、ピーター」ウェンディはピーターから離れられずに言いました。肌着にはいつもやかましいのでした。

「ああ」

「薬をちゃんと飲むのよ」

「ああ」

　これで終わりのようでした。気まずい沈黙があとに続きました。でも、ピーターは人前で落ち込んだりするような男の子ではありませんでした。「用意はいいか、ティンカー・ベル？」ピーターは呼びかけました。

「いいわよ」

「それじゃ、案内してやれ」

ティンクは一番近くの木の空洞をさっと上昇していきました。でも、あとに続いた者はいませんでした。まさにこの時、海賊がインディアンに恐ろしい攻撃をしかけてきたからです。それまで静寂に包まれていた地上の空気が、悲鳴や、剣の打ち合わされる音で引き裂かれました。地下の家は、死んだように静まりかえっていました。いくつもの口が開き、ぽかんと開いたままになりました。ウェンディは膝《ひざ》をつきましたが、ピーターの方に手を伸ばしていました。すべての手が、まるで突風で吹き寄せられたかのように、ピーターに向かって伸びていました。無言で、どうか見捨てないでと訴えていました。ピーターはといえば、剣を握っていました。これによって大海賊ジョン・シルバーを殺したと本人は思っているあの剣を。その目は、戦いへの渇望《かつぼう》でめらめらと燃えていました。

第12章　子どもたち、誘拐される

海賊の攻撃はまったくの不意打ちでした。それこそが、あのあくどいフックがずる賢い手口を使った確かな証拠です。なぜなら、まともにインディアンを不意打ちするなんて、白人の頭ではむりなことだからです。

インディアンとの戦いについては、どの不文律によっても、攻撃をしかけるのは常にインディアンの側と決められています。インディアンというのは、知恵が働くので、夜明けの少し前に攻撃をします。その時間に、白人の勇気が一番鈍ることを知っているのです。一方、白人たちは、なだらかに起伏していてふもとには小川が流れている丘の上に、粗末な柵《さく》をめぐらします。川のそばを選ぶのは、水から離れすぎると破滅を招くからです。白人はその陣地でインディアンの攻撃を待ちます。経験の浅い未熟者はリボルバーを握ったり、小枝を踏みながら歩いたりしていますが、戦い慣れた古株は、夜明けの直前まで、ぐっすりと眠っています。長くて暗い夜のあいだ、インディアンの斥候《せっこう》が、草むらの中を葉っぱ一枚揺らさずにヘビのようにくねくねと進みます。低木の茂みは、彼ら斥候が通ったあと、モグラがもぐったあとの砂のように、音もなくふさがります。インディアンがコヨーテの寂しい鳴き声を見事にまねて声をあげる時以外、物音一つしません。この鳴き声にこたえて、他の勇士が声をあげます。本物のコヨーテよりもずっとうまく鳴くインディアンもいます――コヨーテは鳴くのが下手なのです。そんなふうに、寒々とした時間がすぎていきます。この長い緊張状態は、初めて経験する生っちろい白人には恐ろしくつらいことです。しかし、古強者《ふるつわもの》にとっては、このぞっとするような鳴き声も、それよりもさらにぞっとする静寂も、夜がふけていくことを告げる合図にすぎません。

これが戦いのいつもの手順であることは、フックもよく知っていました。ですから、それを無視してフックから攻撃をしかけたことは、知らなかったと言ってすまされることではありません。

ピカニニ族の方は、当然フックが名誉にかけて決まりを守ると思い込んでいたので、その夜の行動は、フックの行動とは正反対でした。ピカニニ族の名声を汚《けが》さないように、必要なことは一つ残らずやりました。文明人を驚嘆させると同時に絶望させるあの鋭い感覚で、インディアンたちは海賊の一人が枯れ枝を踏んだ瞬間、海賊たちが島に上陸したことを知りました。信じがたいほどすぐに、コヨーテの鳴き声が始まりました。フックが手下たちを上陸させた地点と木の下の家とのあいだにある土地は、爪《つま》先《さき》がかかとのようなモカシンをはいた戦士たちによって、こっそりくまなく調べられました。ふもとに川のある丘は一つきりでした。そのため、フックには選択の余地がありませんでした。ここに陣取って、夜明けの少し前まで待つしかないのです。こうして何もかも悪魔的な抜け目なさで計画を立てると、インディアンたちの主力は、体を毛布で包み、インディアンにとって男らしさの証《あかし》といえる冷静沈着な態度で、子どもたちの家の上にしゃがみ込みました。そして、青白い死と相対する非情な時を待ったのでした。

このお人よしのインディアンたちは、目は覚めたままながらも、夜明けにフックを激しい責め苦にあわせる夢を見ていたところ、卑怯者《ひきょうもの》のフックに襲われてしまいました。虐殺《ぎゃくさつ》をまぬがれた斥候たちから、あとで聞いた話では、フックには薄明かりの中で丘が見えたはずなのに、そこで足をとめさえしなかったようです。攻撃されるまで待つなどという考えは、最初から最後まで、フックの悪賢い頭には思い浮かばなかったようです。夜がもうすぐ明けるというところまで、待ちさえしませんでした。突撃すること以外何も考えずに、どんどん進み続けました。うろたえた斥候たちに、何ができたでしょう？　ありとあらゆる戦術に通じた達人たちでしたが、こんな戦術ははじめてで、手も足も出せずに、命の危険も顧みず敵に姿をさらし、悲しげなコヨーテの鳴き声をあげながら、フックのあとを追うことしかできませんでした。

あの勇ましいタイガー・リリーのまわりには、十人あまりの屈強な戦士が集まり、ガードしていました。すると突然、裏切り者の海賊たちが襲いかかってきたのです。その瞬間、戦士たちの目から、映し出されていた勝利の像が消え落ちました。もう敵を火あぶりにすることはないでしょう。自分たちが〝幸福な天国の狩り場〟に行く番です。インディアンたちにはそれがわかりました。でも、父祖の名を汚さないよう立派にふるまいました。この段階であっても、急いで起き上がって方陣を敷いていれば、そう簡単に攻め落とされはしなかったでしょうが、これは部族の伝統によって禁じられていました。気高いインディアンは、白人の前で驚いた姿を見せてはいけない、とされているのです。そういうわけで、海賊の急な出現はさぞかし恐ろしかったことでしょうが、インディアンたちはしばらくのあいだ、筋肉一つ動かさず、じっとしていました――まるで敵が招かれて来たかのように。こうして伝統をしっかり守ったのち、インディアンたちは武器をつかみました。空気は鬨《とき》の声で引き裂かれましたが、時すでに遅しでした。

戦いというよりも虐殺でしたが、それをここで詳しく語るのはやめておきます。とにかく、ピカニニ族の多くの勇者がこうして花と散りました。全員がむざむざと非業《ひごう》の死をとげたわけではありません。瘦せオオカミ《リーン・ウルフ》はアルフ・メーソンを道連れにしたので、これでもうカリブ海が荒らされることはないでしょう。他にも、ジョージ・スクーリー、チャールズ・ターリー、アルザス人のフォガティといった海賊が戦死しました。ターリーは、あの恐ろしいヒョウ《パンサー》の斧《おの》に倒れたのです。パンサーは、結局、タイガー・リリーとわずかに生き残った仲間と一緒に海賊の陣地を突破して脱出しました。

この時とった戦術でフックがどの程度責めを負うべきかは、後世の歴史家が決めることです。フックがしかるべき時間まで丘の上で待っていたら、フックとその手下はおそらく殺戮《さつりく》されていたことでしょう。フックの行動を判断するにあたっては、この点を考慮に入れてやらなくては不公平です。たぶんフックがすべきだったのは、今回は新しい戦法をとるつもりだと敵にあらかじめ知らせることでした。でも、そんなことをしたら、不意打ちでなくなってしまうので、フックの戦術はなんの役にも立たなかったでしょう。このように、この件はさまざまな難問を抱えているのです。少なくとも、そのような大胆な計画を思いついた頭脳と、それを実行に移した恐ろしいまでの天才的行動力には、しぶしぶながら感服せざるを得ません。

その勝利の瞬間、果たしてフックは自分のことをどう思ったのでしょうか？　ぜひ知りたいものだと思った手下たちは、フックの鉤《かぎ》から適当な距離を保って集まり、肩で息をし、短剣の血をぬぐいながら、探偵のような目でこの途方もない男の様子をうかがいました。フックは心の中では意気揚々としていたにちがいありませんが、それを顔には出しませんでした。暗く孤独な謎《なぞ》の男であるフックは、心も体も手下から離れて一人立っていました。

その夜の仕事はまだ終わってはいませんでした。フックが殺しに来たのは、インディアンではないのです。インディアンは、煙でいぶりだされたミツバチにすぎません。フックはそれでハチミツを手に入れようとしていたのです。フックがほしいのはピーター・パンでした。パンとウェンディとその仲間ですが、主にパンでした。

ピーター・パンはまだ小さな子どもです。なのに、フックがどうしてそんなにピーターを憎むのか、不思議に思うかもしれません。確かに、フックの手をワニに投げあたえたのはピーターです。しかし、このことに加え、ワニの執拗《しつよう》さのせいでますます生命が危険にさらされているとしても、フックのこれほどまでに残酷で悪意に満ちた復讐心《ふくしゅうしん》の説明にはなりません。実は、ピーターにはこの海賊の船長を逆上させる何かがあったのです。それはピーターの勇気ではありません。魅力的な外見でもありません。それは――いや、回りくどい言い方はやめましょう。私たちにはそれが何かをよくわかっていますし、話さないわけにはいかないからです。それは、ピーターの生意気なところです。

これがフックの神経を逆なでするのでした。鉄の鉤爪をうずうずさせるのでした。夜には、虫のように悩ませるのでした。この苦しみ悶《もだ》えている男は、ピーターが生きているかぎり、スズメが飛び込んできた檻《おり》の中にいるライオンも同然なのでした。

さて、目下の問題は、どうやって木の空洞を降りて地下の家に行くか、あるいは、どうやって手下を降ろすか、でした。フックは貪欲《どんよく》な目で手下をながめまわし、一番痩《や》せている男を探しました。手下たちは不安そうにもじもじしました。フックが棒を使ってでも手下を木の空洞に押し込むことがわかっていたからです。

ところで、男の子たちはどうなったでしょうか？　私たちがこの前男の子たちを見たのは、武器がカチンと打ち合わされる音がした時でした。全員、ぽかんと口をあけて、ピーターの方に手を伸ばしたまま石のように固まり、何かを訴えているところでした。私たちは、子どもたちが口を閉じて腕も下ろしているところに戻ります。地上の大混乱は、始まった時と同じように突然終わりました。まるですさまじい突風が吹き抜けたようでした。しかし、子どもたちには、そのわずかのあいだに自分たちの運命が決まったことがわかりました。

どっちが勝ったの？

木の入口でじっと耳をすましていた海賊たちには、男の子たちが全員口にしたこの質問がはっきり聞こえました。そして、ああ、ピーターの答えまで聞こえてしまったのです。

「インディアンが勝ったら」ピーターは言いました。「太鼓を打ち鳴らす。それがインディアンの勝利の合図なのさ」

スミーはすでにその太鼓を見つけて、まさにこの時、太鼓の上に座っていたのです。

「おまえたちは二度と太鼓の音は聞けねえさ」スミーはつぶやきましたが、もちろん、聞こえないようにです。絶対にしゃべるなと命じられていたからです。驚いたことに、フックがスミーに太鼓をたたくように合図しました。そして、それが恐ろしいまでに邪悪な命令であることが、スミーにもゆっくりわかってきました。おそらく、この単純な男がこの時ほどフックに感心したことはありません。

スミーは二度太鼓をたたくと、上機嫌で耳をすましました。

「太鼓だ」悪党たちはピーターが叫ぶのを聞きました。「インディアンの勝利だ！」

不運な子どもたちはいっせいに歓声をあげました。地上にいる腹黒い男たちには、それは音楽に聞こえました。そのあとすぐ、子どもたちはピーターに繰り返しさよならを言いました。海賊たちはこれにはとまどいましたが、敵がもうすぐ木の中を登ってくるというあさましい喜びのために、他の感情はすべて消えてしまいました。海賊たちは顔を見合わせてにやにや笑い、もみ手をしました。フックは素早く静かに命令を下しました。それぞれの木に一人ずつつけ、残りの者は二メートルずつ離れて一列に並べ、と。

第13章　妖精《ようせい》を信じてくれる？

こんな恐ろしい場面は、さっさと片づけてしまったほうがいいでしょう。最初に木から出たのは、カーリーでした。カーリーは木からチェッコの腕の中に飛び込み、チェッコはカーリーをスミーにほうり投げ、スミーはスターキーに、スターキーはビル・ジュークスに、ビル・ジュークスはヌードラーに投げ渡しました。こんなふうに次から次へとほうり投げられ、最後には、あの黒ずくめの凶悪な海賊の足元に投げ出されたのでした。どの男の子もこんなふうに乱暴にそれぞれの木から引っこ抜かれました。うち数人は、手から手へと投げ渡される荷物のように、同時に宙を舞いました。

最後に出たウェンディには、異なる対応がとられました。フックはばか丁寧にウェンディに向かって帽子をとると、腕を貸し、他の子どもたちが猿ぐつわをかまされている場所までエスコートしていきました。そんなふうに気取った態度でやったのです。びっくりするほど気品があったので、ウェンディはうっとりして、叫ぶのも忘れてしまいました。まだほんの小さな女の子にすぎなかったのです。

フックがしばしのあいだでもウェンディをうっとりさせたなどという話は、本当は言わずもがなのことかもしれません。ここであえてお話しするのは、ウェンディのこのあやまちが奇妙な結果を招くことになったからです。ウェンディが鼻息荒くフックの腕を払いのけていたら（ぜひそう書きたいところなのですが）、ウェンディは他の子どもたちのように放り投げられていたことでしょう。そして、フックは、子どもが縛られるところに居合わせなかったでしょう。そこに居合わせなかったら、スライトリーの秘密を発見しなかったでしょう。その秘密を知らなかったら、まもなく、悪辣《あくらつ》な手段でピーターの暗殺を企てることもなかったでしょう。

子どもたちは、飛んで逃げないように、膝《ひざ》と耳がくっつかんばかりに体を二つ折りにされて縛りあげられました。子どもたちを縛りつけるために、あの黒ずくめの凶悪な船長はロープを九等分にしていました。スライトリーの順番がくるまでは、うまくいっていたのです。でも、スライトリーを縛ろうとすると、よくある癪《しゃく》にさわる小包のように、ぐるっとロープをかけると、長さが足りずに結び目が作れませんでした。頭にきた海賊たちは、みなさんが小包を蹴飛《けと》ばすように、スライトリーを蹴飛ばしました（公平な立場で言えば、悪いのはロープで、ロープを蹴飛ばすべきですが）。奇妙なことに、海賊たちに乱暴はやめろと言ったのはフックでした。その唇は、意地悪く勝ち誇ったように歪《ゆが》められていました。手下たちがその不運な子どもの体のどこかを押さえつけるたびに、別のところが出っぱってしまうので、汗だくになっているあいだに、フックの偉大な頭脳は、スライトリーの外見の意味するところを深く考え、結果ではなく原因を探っていました。フックが大喜びしている様子からして、どうやら原因を突きとめたようです。スライトリーは、フックが自分の秘密を発見したことを知って、真っ青になりました。秘密とは、つまり、これほどパンパンに太った子どもが通れる木の空洞なら、普通の大人が詰まってしまうことはない、ということです。スライトリーは、かわいそうに、今やどの子よりもみじめな思いをしていました。ピーターのことが心配でならず、自分がやったことをひどく後悔していました。スライトリーは、暑い時に水をがぶ飲みしているうちに、今のように膨れあがってしまったのです。そして、木に合わせて痩《や》せる代わりに、他の者には内緒で、体に合わせて木を削ってしまったのでした。

これだけわかれば充分だ、もうピーターの命はもらったも同然だ、とフックは思い込みました。しかし、頭の奥深くであみ出された悪だくみが、口に出されることはありませんでした。捕まえたやつらを船に運べ、自分は一人になりたい、とフックは合図しただけでした。

でも、どうやって運べばいいのでしょうか？　ロープで縛って丸めてあるので、樽《たる》のように斜面をころがしてもいいのですが、途中はほとんど沼地になっています。ふたたび、フックの天才的頭脳が難問を解決しました。フックは、ウェンディのために作られたあの小さな家を運搬用に使うように指示したのです。子どもたちは小さな家に投げ込まれました。四人の屈強な海賊たちが家をかつぎ、他の者は後ろに並びました。おぞましい海賊の歌を合唱しながら、奇妙な行列が森の中を進みはじめました。泣いていた子どもがいたかどうか、私にはわかりません。誰かが泣いていたとしても、その泣き声は海賊たちの歌にかき消されてしまったことでしょう。ただ、小さな家が森の中に消えた時、その煙突から、まるでフックに挑むように、細いながらも勇ましい煙が立ちのぼりました。

フックはその煙を見ました。それはピーターに好ましい結果をもたらしませんでした。この船長の怒り狂った胸の中に、ひょっとしたら、ピーターに対する同情心が一しずく残っていたかもしれませんが、それがすっかり乾いてしまったのです。

夜がどんどんふけていく中で、一人になったフックが真っ先にしたことは、つま先立ちでスライトリーの木まで歩いていき、自分がその木の空洞を通れるか確かめることでした。それから、長いあいだ、じっと考え込んでいました。不気味な帽子は草の上に置かれていたので、さっきから吹いているそよ風が、心地よく髪をなでていました。フックの考えることは邪悪でしたが、青い目はツルニチニチ草の花のようにやさしげでした。地下から何か聞こえないか、フックはじっと耳をすましましたが、地上と同じように静かでした。地下の家は、ただのがらんどうのように思われました。あの小僧は寝ているのか、それとも、スライトリーの木の下で短剣を手に待ちかまえているのか？

それを知る方法は、下に降りてみるほかにはありませんでした。フックは外套《がいとう》を地面にそっと置きました。それから、邪悪な血がにじみ出てくるほどぎゅっと唇を噛《か》み、木の空洞に足から入り込みました。フックは勇敢な男でした。しかし、一瞬、その場に止《とど》まり、額の汗をぬぐわなくてはなりませんでした。ロウソクのように汗のしずくが垂れていたのです。それから、静かに未知の世界に入っていきました。

フックは無事に縦穴の下に着きました。そして、もう切れそうになっていた息を吸いながら、またじっと立っていました。目が薄暗い光に慣れると、木の下の家にあるさまざまなものが見えてきました。しかし、フックが貪欲《どんよく》な目をじっと向けているただ一つのもの——長いあいだ探し求め、ようやく見つけたものは、大きなベッドでした。そのベッドの上に、ピーターがぐっすり眠っていました。

ピーターは、地上で悲劇が起こっているとも知らず、子どもたちが出て行ったあとも、しばらく楽しげに笛を吹き続けていました。ちっとも気にしてないさ、と自分に言い聞かせるための孤独な行動でした。それから、ウェンディを悲しませるために、薬は飲まないことにしました。それから、ウェンディをもっと困らせるために、ベッドの上掛けの上に寝ました。ウェンディは、夜中に子どもたちの体が冷えるといけないので、いつも子どもたちを上掛けの中に押し込んでくれたからです。それから、ピーターは泣きそうになりました。でも、泣く代わりに笑ったら、ウェンディがさぞかし怒るだろうと思ったので、傲慢《ごうまん》に笑い、笑っているうちに眠ってしまったのでした。

そう頻繁ではありませんが、時々、ピーターは夢を見ました。その夢は、他の男の子たちの夢に比べてつらいものでした。ピーターは夢の中で悲しげに泣いているのですが、この夢を見ると、そのあと何時間も忘れることができませんでした。その夢はピーターの誕生の謎《なぞ》と関係があるにちがいない、と私は思います。そのような時、ウェンディはピーターをベッドから出して膝の上にのせ、自分のあみ出した優しいやり方で慰めてやったのでした。ピーターが落ち着くと、目を覚ましきる前にベッドに戻しました。そうすれば、ウェンディに赤ん坊扱いされたことを知って、ピーターが恥ずかしい思いをしないですむからでした。しかし、この夜は、ピーターはたちまち夢のない眠りに落ちたのです。片方の腕はベッドの端から垂れ、片足は膝が立てられ、口元には終わらない笑いが残り、口は開き、小さな真珠のような乳歯がのぞいていました。

フックが見つけたのは、このような無防備のピーターだったのです。フックは木の下に無言で立ったまま、部屋の向こうにいる敵を見やりました。フックの暗い胸は、哀れみの気持ちでかき乱されはしなかったでしょうか？　この男だって根っからの悪人ではありません。花を愛していました（私はそう聞いています）。甘美な音楽も大好きでした（フック自身、ハープシコードの名手なのです）。そして、実のところ、このののどかな光景はフックの心を大きく揺さぶったのです。ある一つのことがなかったら、フックは善良な方の自分に突き動かされ、しぶしぶ木をのぼって帰ったことでしょう。

フックをその場にとどめたのは、眠っているピーターの生意気な姿でした。開いた口、垂れ下がった腕、立てられた膝。三つ合わさって、これこそがまさにうぬぼれを絵に描いたような姿で、侮辱されることを何よりも嫌う人間の目には二度とふれさせたくないものです。これによってフックの心は鋼鉄《はがね》になりました。もしこの怒りのためにフックの体が百個に砕けたら、どのかけらも、砕けたことなど関係なしに、眠れるピーターに飛びかかったことでしょう。

ベッドはランプの光でぼんやりと照らされていましたが、フックが立っているのは闇《やみ》の中でした。フックはそっと一歩進みましたが、何かにぶつかりました。スライトリー用の木のドアです。このドアは、すきまを完全にふさいでいませんでした。フックはドアの上から見ていたのです。フックは手探りで取っ手を探しましたが、下の方にあって手が届かないので、激しい怒りにかられました。フックの混乱した頭には、ピーターの顔と姿がいっそういまいましく思えてきました。フックはドアをがたがたいわせ、体をぶつけました。敵は結局この手から逃れてしまうのか？

だが、あれは何だ？　フックの炎と燃える目が、容易に手が届く棚の上にあるピーターの薬をとらえました。フックはそれが何であるかをすぐに見抜き、眠れるピーターがもう自分のものであることを知りました。

生け捕りにされるのがいやだったので、フックはいつも恐ろしい薬を持ち歩いていました。これまで手に入れた毒入り指輪のあらゆる猛毒を自分で混ぜ合わせた薬です。調合した薬は煮つめて、科学では解明できない黄色い液体にしてありましたが、おそらく、世界一強い毒薬だったはずです。

フックはこの毒薬を五滴、ピーターのコップに垂らしました。手が震えましたが、それは恥じたためではなく、喜びのあまりのことでした。毒薬を垂らしているあいだ、眠っているピーターを見ないようにしていました。かわいそうに思って決心が鈍るのが心配だったのではなく、ただ、こぼさないように気をつけただけです。それから、長いこと、さも満足そうに餌食《えじき》を見ていましたが、やがて回れ右すると、四苦八苦しながら木の空洞を這《は》いのぼりました。木のてっぺんから出たフックは、まるで悪霊《あくりょう》が穴から現われたように見えました。帽子を最高に粋《いき》な角度でかぶり、外套をまとうと、夜の闇から自分を隠して身を守ろうとするかのように――その闇の中で、フックが一番黒くて目立たなかったのですが――外套の片端を前で押さえ、奇妙なことをぶつぶつつぶやきながら、木立の中をそっと抜けていきました。

ピーターは眠りつづけました。ロウソクがとけ、火は消え、部屋は闇に包まれました。それでも、ピーターは眠っていました。何かわからない音で目を覚まし、いきなりベッドの上に起き上がった時には、ワニの時計で十時を回っていたにちがいありません。それはピーターの木のドアを用心深くそっとたたく音でした。

用心深くそっと――でしたが、あたりが静まり返っていたので、不気味に聞こえました。ピーターは手探りで短剣を探し、片手でつかみました。それから、話しかけました。

しばらく返事がありませんでした。それから、またノックの音。

「誰だ?」

返事はありません。

「何者だ?」

ピーターはぞくぞくしました。ぞくぞくするのは大好きでした。大股《おおまた》で二歩進み、ドアまで行きました。スライトリーのドアと違って、ピーターのドアの上にはすきまがなかったので、向こうが見えませんでした。ノックしている側からも、ピーターが見えませんでした。

「口をきかないと、ドアを開けないぞ」ピーターは叫びました。

ようやく訪問者は口を開きました。美しい鈴のような声です。

「入れて、ピーター」

ティンクでした。ピーターは急いでドアのかんぬきをはずしてやりました。ティンクは興奮して飛び込んできました。顔は赤らみ、服は泥で汚れていました。

「どうした?」

「思いもよらないことが起こったの」ティンクはそう叫ぶと、三回で当ててみてと言いました。「さっさと話すんだ!」ピーターはどなりました。ティンクは、でたらめな言葉遣いのうえ、手品師が口から引っぱり出すリボンのように長ったらしく、ウェンディと男の子たちが海賊たちに捕らえられたことを話しました。

話を聞いているピーターの胸は、ドクドクと激しく波打っていました。ウェンディが縛られてる、海賊船の上なんかで。何でもきちんとしていることが大好きなウェンディが！

「ウェンディを助けなくちゃ」ピーターはそう叫ぶと、武器に飛びつきました。飛びつきながら、ウェンディに喜んでもらえそうなことを思いつきました。そうだ、薬を飲めばいい。

ピーターはあの毒薬に手を伸ばしました。

「だめ！」ティンカー・ベルは金切り声をあげました。フックが森の中を急いで進みながら、自分のやったことをつぶやくのを聞いたのです。

「どうして？」

「毒が盛られているの」

「毒だって？　誰が盛ったっていうんだ？」

「フックよ」

「ばか言うな。フックがここに降りられたわけないだろ」

悲しいかな、ティンカー・ベルはこれを説明できませんでした。ティンクにしても、スライトリーの木の愚かな秘密を知らなかったからです。それでもなお、フックの言葉には疑いの余地がなかったのです。コップには毒が入っているのです。

「それにね、ぼくはずっと起きていたんだからな」ピーターは本当にそう思い込んで言いました。

ピーターはコップを取り上げました。もうあれこれ言っているひまはありません。行動の時です。いつもながらの稲妻のような速さで、ティンクはピーターの口と毒薬のあいだに割り込むと、一滴も残さず飲み干してしまいました。

「おい、ティンク、どうしてぼくの薬を飲んだりするんだ？」

でも、ティンクは答えませんでした。すでに空中でよろめいていました。

「どうしたんだ？」ピーターは急に心配になって叫びました。

「毒が盛られていたのよ、ピーター」ティンクは弱々しい声で言いました。「あたしはもう死ぬの」

「ああ、ティンク、おまえはぼくを救うために飲んだのか？」

「ええ」

「でも、どうしてだ、ティンク？」

ティンクの翼はもう体を支えられないほどになっていましたが、返事として、ピーターの肩にとまると、顎《あご》をやさしく噛みました。そして、耳元で「このバーカ」とささやくと、ふらふらと自分の部屋に飛んでいき、ベッドに横たわりました。

ピーターが嘆き悲しんでティンクのそばにひざまずくと、ピーターの顔はティンクの小さな部屋の入口をほとんどふさいでしまいました。ティンクの光は、刻一刻と弱くなっていきました。ピーターは知っていました——その光が消えたら、ティンクは死んでしまうことを。ティンクはピーターの涙がとてもうれしかったので、美しい指を伸ばし、指に涙を伝わらせました。

ティンクの声はあまりに低かったので、ピーターは初め、ティンクが何を言っているのかわかりませんでした。でも、じきにわかりました。ティンクはこう言っていたのです——もし子どもたちが妖精を信じてくれるなら、きっとあたしはまた元気になれる、と。

ピーターは両手を前に差しだしました。そこには一人も子どもはいませんでした。それに、今は夜です。でも、ピーターは、ネバーランドの夢を見ているすべての子どもたちに——その夢を見ているので、みなさんが考えているよりもずっとピーターの近くにいる子どもたちに呼びかけました。寝間着の少年少女に呼びかけました。木に吊《つ》るされたかごの中にいるインディアンの裸の幼子に呼びかけました。

「妖精を信じてくれる？」ピーターは叫びました。

ティンクは、自分の運命を聞こうと、もう元気になったくらい勢いよくベッドの上に起き上がりました。

ティンクには「信じる」という返事が聞こえたような気がしましたが、やっぱり聞こえなかったようにも思えました。

「どう思う？」ティンクはピーターにききました。

「もし妖精が本当にいると思うなら」ピーターは子どもたちに向かって訴えました。「手をたたいて。ティンクを死なせないで」

たくさんの子どもが手をたたきました。

何人かはたたきませんでした。

ほんのわずかですが、シーッなどと言うひどい子もいました。

拍手が急にやみました。まるで、無数の母親が、いったい何事か確かめようと子どもも部屋に駆けつけたようでした。でも、ティンクの命はもう救われていました。まず、声が力強くなりました。ティンクはベッドから飛びだしました。そして、これまで以上に陽気で生意気な様子で部屋を飛びまわりました。妖精を信じてくれた子どもたちに感謝しようなどという気はさらさらなく、シーッと言った子どもたちをこらしめてやりたいと思っていました。

「さあ、ウェンディを助けに行くぞ」

ピーターが、武器を腰にさし他にはほとんど何も持たず、危険な遠征に乗り出そうと自分の木から出た時には、ところどころ雲の浮かんだ空に月がのぼっていました。ピーターにとってありがたい夜ではありませんでした。ピーターは地上近くを飛んで、少しでも変わったものがあったら見逃さないようにしたかったのです。でも、あちこちに月光のさす中を低く飛んだりしたら、影を引きずりながら木立の中を進むことになってしまい、眠っている鳥を驚かせ、警戒中の敵にピーターが動きだしたことを教えてしまうことになるでしょう。

ピーターは、これまで島の鳥たちに変な名前をつけてしまってきたことを今さらながら後悔しました。おかげで、鳥たちはひどく乱暴になり、簡単に近づけなくなってしまったのです。

こうなったら、インディアン式に前進する以外に方法はありませんでしたが、幸いにも、ピーターはそれがたいへん上手でした。でも、どの方向に行けばいいのでしょうか？　子どもたちが海賊船に連れていかれたのかどうか、ピーターには確信が持てませんでした。雪が少し降ったせいで、足跡がすべてかき消されてしまっていたのです。まるで、さきほど起こった大虐殺《だいぎゃくさつ》に自然界までが恐れをなしてじっとしているように、死のような静寂が島を包んでいました。ピーターは、タイガー・リリーやティンカー・ベルから学んだ森の知恵を子どもたちにしっかり教えてあったので、こういう危機に陥った時には、必ずやそれを思い出すだろうと思っていました。例えば、スライトリーは、チャンスがあれば、木の皮をはいで目印をつけるでしょう。カーリーは種を落とすでしょう。ウェンディは、ここぞという大事な場所にハンカチを置いていくでしょう。ただし、そうした道しるべは、朝にならなくては探せません。ピーターには待つ余裕はありませんでした。天空の星たちはピーターに使命を果たすよう呼びかけていましたが、力を貸そうとはしませんでした。

ワニがピーターのそばを通りすぎました。他には生き物はいませんでした。音もなく、動くものもありません。それでも、ピーターにはよくわかっていました——突然の死が次の木で待っているかもしれないし、あるいは、後ろから忍び寄ってくるかもしれないことを。

ピーターは恐ろしい誓いを立てました。「今度こそフックかぼくかだ」

今ピーターは、蛇のように這って前進したかと思うと、立ち上がって、月光がさす場所を矢のように駆け抜けました。唇に指をあて、短剣を構えながら。ピーターの心ははずんでいました。

第14章　海賊船

海賊川の河口近くに、有名な海賊キャプテン・キッドにちなんで名づけられた〝キッドの入江〟があります。この入江にまたたく緑の光こそが、二本マストの帆船、ジョリー・ロジャー号が船体を水中深く沈めて停泊中の場所を示していました。いかにも速そうな船ですが、隅から隅まで汚れていて、甲板を支える横材は一本残らず、むしられた鳥の羽根が散らばった地面のように、ぞっとするありさまでした。この船はまさに海の人食い人種で、見張りはほとんど必要としませんでした。なぜなら、ジョリー・ロジャー号と聞いただけで、みんな震えあがり、誰も近づこうとしなかったからです。

その船は今、夜の闇《やみ》にすっぽり包まれていました。その闇を貫いて、船から岸へと届く音はありませんでした。音はわずかしかなく、しかも、スミーが動かしているミシンの音以外、心地いい音はありませんでした。仕事熱心で、世話好きで、平凡の見本のような男、哀れなスミーです。どうしてスミーがそれほど限りなく哀れなのか、私にはわかりません。スミーがそのことに哀れなほど気づいていないから、としかいいようがありません。しかし、どんなに強い男も、スミーを見ると、あわてて目をそらさないではいられませんでした。夏の夜、スミーがフックの涙のツボを刺激し、涙を流させたことも一度ならずあったのです。他のほとんどすべてのことと同様、スミーはこのことにまったく気づいていませんでした。

何人かの海賊は、甲板の手すりに寄りかかり、夜の毒気を吸い込んでいました。他の者は、ずらりと並んだ樽《たる》のそばで、サイコロ賭博《とばく》やトランプに興じていました。ウエンディの小さな家を運んで疲れ切った四人は、甲板にうつ伏せになって寝ていました。四人は眠りながらも、うまい具合に右に左に寝返りを打ち、フックの手が届かないようにしていました。フックがそばを通りながら、無意識に鉤爪《かぎづめ》で引っかけないともかぎらないからです。

フックは何やら考え込みながら、甲板を歩いていました。まったくもって、不可解な男です。今こそフックの勝利の時だというのに。ピーターは永遠にフックの行く手から消え、他の男の子たちはみんな船上にいて、船の縁《へり》から突き出した板を歩いて海に落ちていくばかりになっています。フックとしては、〝肉焼き《バーベキュー》〟こと大海賊ジョン・シルバーを屈服させて以来最も冷酷な行ないです。人間がいかに虚栄心の強い生き物であるかを知っている私たちには、フックが、成功という風で帆をふくらませた船のように得意満面で甲板をふらふら歩いていても、少しも不思議ではありません。ところが、フックの歩き方には少しも得意そうなところがなかったのです。陰鬱《いんうつ》な心の動きに歩くペースを合わせていたからです。フックは意気消沈していました。

フックは静まりかえった夜、船の上で一人考え事にふける時、しばしばこんな状態になりました。恐ろしく孤独だからです。この計り知れない男は、手下に囲まれている時ほど孤独を感じることはありませんでした。フックに比べて、手下は育ちが悪すぎたのです。

フックというのは本名ではありません。フックが本当は何者であるかを明かしたら、今日でさえ、国じゅうに大騒動が巻き起こることでしょう。しかし、言外の意味を読みとる人には、すでに察しがついているにちがいありません。フックは、上流階級の子弟が通う有名なパブリック・スクールの生徒だったのです。そして、その学校のしきたりがいまだに衣服のように身についているのですが、実のところ、そのしきたりというのは衣服に大いに関係があります。そういうわけで、フックの服は、この船を奪った時のままなのですが、今でも同じ格好で船に乗っていることは、フックにはうれしくないことでした。フックはまた、歩く時には、今でもあの学校伝統の前かがみの姿勢で歩きました。しかし、何にもまして大切にしているのは、礼儀作法を重んじるというしきたりでした。

礼儀作法！　どんなに堕落しようと、何よりも大事なのは礼儀だ、とフックには今でもわかっていました。

心の奥底から、錆《さ》びた門がきしるような、キーッという音が聞こえました。そして、その門から、コツコツコツという、いかめしい音が響いてきました。眠れない夜に聞こえる金槌《かなづち》の音に似ています。「今日は礼儀正しくふるまったかね？」というのが、その音のいつに変わらぬ質問でした。

「名声、名声、あの安ピカの名声。わたしはそれを手に入れた」フックは叫びました。

「何でもいいから有名になること、それが礼儀にかなったことかな？」学校からのコツコツ音が言い返しました。

「わたしはジョン・シルバーが恐れたただ一人の男だ」フックは言い張りました。

「フリント船長でさえ恐れたジョン・シルバーがな」

「ジョン・シルバー、フリント——学校のどの寮にいた生徒かね？」痛烈な皮肉が返ってきました。

礼儀について考えること自体が礼儀に反しているのではないか——一番心がかき乱

されるのは、そう考える時でした。

フックはこの問題にひどく悩まされました。それは心の中にある鉤爪で、鉄の鉤爪よりももっと鋭いものでした。その鉤爪がフックを引き裂くと、青ざめた顔から汗がとめどなく滴《したた》り落ち、胴衣《ダブレット》に筋がつくほどでした。フックは何度も袖《そで》で顔をぬぐいましたが、その滴る汗をせき止めることはできませんでした。

ああ、残念なフック。

フックは自分が遠からぬうちに死ぬような予感をおぼえました。まるで、ピーターの恐ろしい誓いが船に乗り込んできたかのようでした。フックは、最後の演説をしておきたいという暗い気持ちにかられました。まもなく、そうする時間がなくなってしまいそうな気がしたのです。

「フックもこんなに野望をもたなければ、よかったものを」フックは叫びました。フックが自分のことを他人のように言うのは、よほど落ち込んでいる時だけでした。

「子どもは誰もわたしを愛さない」

フックがこんなことを考えるとは奇妙でした。これまで一度だって、そんなことを気にしたことはなかったからです。たぶん、ミシンの音が聞こえたせいで、そんなことを思ったのでしょう。フックは長いあいだ、スミーを見つめながら、ぶつぶつと独り言を言っていました。スミーは、子どもがみんな自分を怖がっていると思い込みながら、のん気に縁かがり縫いをしていました。

スミーを怖がる？　スミーを怖がるだと？　その夜、海賊船にさらわれてきた子どもたちの中で、スミーを好きになっていない子どもは一人もいませんでした。スミーは子どもたちに恐ろしいことを言って、平手でたたきました（拳骨《げんこつ》では殴れなかったので）。それなのに、子どもたちはなおさらスミーにまとわりつくばかりでした。マイケルなどは、スミーのメガネをかけてみたりさえしました。

子どもたちはきさまをいいおじさんだと思っているぞ、とかわいそうなスミーに言ってやろうか！　フックはそうしたくてうずうずしましたが、あまりに残酷すぎるように思えました。代わりに、この謎《なぞ》をじっくり考えてみました。どうして子どもたちはスミーをいい人だと思うのか？　フックはこの問題の答えを警察犬のように執拗《しつよう》に追い求めました。もしスミーがいい人だと思われるなら、スミーのどこがそう思わせるのか？　恐ろしい答えが急に浮かび上がってきました。「礼儀か？」

あの水夫長は、自分でも知らないうちに礼儀正しくふるまっていたのでは？　自分で意識せずに礼儀正しくふるまえることこそ、最高の礼儀作法ではないのか？

フックは思い出しました――名門イートン校の社交クラブの会員の資格を得るには、

意識しなくても自然に礼儀正しくふるまえることを証明しなければならないことを。しかし、怒りの叫び声とともに、フックは鉄の手をスミーの頭上に振りあげました。しかし、引き裂きませんでした。フックが思いとどまったのは、こう考えたからです。

「礼儀をわきまえているからといって人を引き裂いたら、それはどういうことだ?」

「それこそ礼儀知らずだ!」

みじめなフックは、汗びっしょりになり、体から力が抜け、切られた花のようにばったり倒れてしまいました。

手下たちは、これでしばらく船長はいないも同然だと思ったので、たちまち規律がゆるみました。手下たちはどんちゃん騒ぎの踊りを始めましたが、フックはその騒ぎに気づいてさっと立ちあがりました。まるで頭からバケツの水でもかぶったようにシャキッとし、人間的な弱さは跡形もなく消えていました。

「静かにしろ、ボンクラども」フックはどなりました。「さもないと、きさまらの体に錨《いかり》をぶち込むぞ」即座に騒ぎは静まりました。「子どもはみんな鎖につないで、飛べないようにしてあるか?」

「もちろんでさあ」

「ならば、引ったててこい」

あわれな捕らわれ人たちは、ウェンディを除いて全員、船倉から引きずり出され、フックの前に横一列に並ばされました。しばらく、フックは子どもたちが来たことに気づかないようでした。くつろいだ様子で、荒々しい歌をとぎれとぎれに、まあまあ上手にハミングしたり、トランプをいじったりしていました。時々、葉巻の火の光がフックの顔をかすかに照らしました。

「それでは、悪ガキ諸君」フックはきびきびと言いました。「きさまらのうち六人は、今夜、板を歩いて海に落ちるのだ。だが、二人は給仕にしてやってもいい。誰がなるかな？」

「いらないことを言って、フックを怒らせてはだめよ」と、船倉でウェンディから指示されていたのです。だから、トートルズは礼儀正しく前に進み出ました。こんな男に雇われるのはいやでした。ここは、この場にいない人間に責任を負ってもらうのが賢明だと、本能的にわかりました。トートルズは少し頭の足りない男の子でしたが、困った時にあいだに立ってくれるのはお母さんだけだと知っていました。子どもたちはみんな、お母さんのこの性質を知っていて、そんなお母さんをばかにしながらも、いつも利用するのです。

そんなわけで、トートルズは言葉巧みに言いぬけました。「あのですね、船長さん、ぼくのお母さんはぼくが海賊になるのを喜ばないと思うんです。きみのお母さんはきみが海賊になることを喜ぶかい、スライトリー？」

トートルズがスライトリーに目くばせすると、スライトリーは残念そうに「喜ばないと思うよ」と言いました。まるで、喜んでくれればいいのにという口調でした。

「きみたちのお母さんはきみたちが海賊になるのを喜ぶかい、双子？」

「喜ぶと思わないな」双子の兄が他の子どもたちのようにうまく答えました。「ニブズ、きみは――？」

「むだ口はやめろ」フックがどなりました。みんなを代表してしゃべった子どもたちは、後ろに引き戻されました。「おい、そこの坊や」フックはジョンに話しかけました。「きさまには少しは度胸があるように見えるな。海賊になってみたいと思わないか、相棒？」

ジョンは、算数の予習をしている時に、海賊になってみたいと思ったことが何度かありました。ジョンはフックに選ばれたことに感激しました。

「ぼく、自分を〝血染めのジャック〟って呼ぼうと思ったことがあるんです」ジョンはおずおずと答えました。

「いい名前だ。ここでもきさまをそう呼ぶとしよう、仲間に加わるならな」

「どう思う、マイケル？」ジョンはききました。

「ぼくが仲間に加わったら、なんて呼んでくれる？」マイケルはききました。

「〝黒ひげのジョー〟だ」

マイケルはもちろん感激しました。「どう思う、ジョン？」マイケルはジョンに決めてもらおうと思い、ジョンはマイケルに決めてもらおうと思いました。

「海賊になっても、ぼくたち、国王の臣下のままでいられるんですか？」ジョンは尋ねました。

フックは食いしばった歯のあいだから答えました。「きさまらは『国王を倒せ』と誓わねばならん」

ここまでのジョンのふるまいはあまり立派なものではありませんでしたが、ここにきて輝きを放ちました。

「それなら、断る」ジョンはフックの前の樽をたたきながら叫びました。

「ぼくも断る」マイケルも叫びました。

「国王万歳！」カーリーが甲高い声をあげました。

かんかんに怒った海賊たちは子どもたちの口を殴り、フックはわめきたてました。

「これできさまらの運命は決まりだ。こいつらの母親を連れてこい。板を用意しろ」

この男の子たちは、なんだかんだいっても、まだほんの子どもでした。ジュークスとチェッコが死の板を用意するのを見ると、みんな真っ青になりました。しかし、ウェンディが連れてこられると、怖くなんかないという顔をしてみせました。

ウェンディがこの海賊たちをどれほど軽蔑《けいべつ》していたか、とても私の言葉では伝えきれません。男の子たちにとっては、海賊という職業は、それなりに魅力がありました。でも、ウェンディの目に入ったのは、何年も洗ったことのない船の汚さだけでした。丸窓のガラスはどれも汚れきり、指で〝汚いブタめ〟と落書きできないものはなく、ウェンディは現にもう数枚のガラスにそう書いたくらいでした。でも、男の子たちがまわりに集まると、ウェンディはもちろん、男の子たちのことしか考えませんでした。

「では、美しいお嬢さん」フックは言いました。まるでシロップの中で話しているような甘ったるい口調でした。「あなたの子どもたちが板を歩くのをご覧にいれましょう」

フックは立派な紳士でしたが、何度も夢中で考え事にふけっているうちにレースのカラーが汚れてしまっていたのです。フックは不意に、ウェンディがそれを見つめていることに気づきました。あわてて隠そうとしましたが、手遅れでした。

「この子たちは死ぬの？」ウェンディはききました。恐ろしいほど軽蔑のこもったまなざしだったので、フックは気を失いそうになってしまいました。

「そうとも」フックはうなるような声で言いました。「みんな、静かにしろ」フックはほくそ笑みながら叫びました。「お母さんが子どもたちに最後のお別れをするのだ」

この時のウェンディは、気丈そのものでした。「これがわたしの最後の言葉よ、愛する子どもたち」ウェンディはきっぱりと言いました。「わたしは、あなたたちの本当のお母さんから言づてを頼まれているような気がするの。それはこうよ。『わたしたちは息子がイギリス紳士らしく死んでくれるよう望みます』」

海賊たちでさえ、胸を打たれました。トートルズは興奮して叫びました。「ぼくはお母さんの望みどおりにするよ。きみはどうする、ニブズ？」

「お母さんの望みどおりさ。きみたちはどうする、双子？」

「お母さんの望みどおりさ。ジョン、きみは——？」

しかし、この時フックが声を取り戻しました。

「女を縛れ」フックは叫びました。

ウェンディをマストに縛りつけたのはスミーでした。「いいかい、お嬢ちゃん」スミーはささやきました。「おれのお母さんになってくれると約束するなら、助けてやってもいいぜ」

でも、相手がスミーでも、ウェンディはそんな約束をするつもりはありませんでした。「そんな約束するくらいなら、子どもなんかいないほうがましよ」と、見下げ果てたように言いました。

スミーがウェンディをマストに縛りつけているあいだ、情けないことに、男の子たちは一人もウェンディを見ていませんでした。全員の目が板に注がれていたのです。これからそこをほんの少し散歩して、この世とさよならするのです。その板の上を男らしく歩くことなど、もはや子どもたちに望むべくもありませんでした。考える力は、もうなくなっていたからです。ただ見つめ、震えることしかできませんでした。

子どもたちの様子を見たフックは、歯を見せずににやりと笑うと、ウェンディに一歩近づきました。ウェンディの顔を子どもたちの方に向けさせ、一人ずつ板を歩いて海に落ちるところが見えるようにしてやろう、と思ったのです。でも、フックはウェンディのところまで行けませんでした。ウェンディからしぼり出してやろうと思っていた苦悩の叫び声も聞けませんでした。代わりに、別の音が聞こえたのです。

それは、あのワニの恐ろしいチクタクという音でした。

みんな、それを聞きました――海賊たちも、男の子たちも、ウェンディも。すべての顔がいっせいに一つの方向に向きました。音が突き進んでくる海ではなく、フックの方にです。全員、これから起こることがフックだけに関係あることだ、と知っていました。そして、自分たちが役者の立場から急に見物人に変わったこともわかっていました。

フックの身に起こった変化は、見るも恐ろしいほどでした。まるですべての関節を切り取られてしまったように、フックは倒れ、小さなかたまりと化してしまいました。音はじわじわと近づいていました。それを聞いているうちに、ぞっとするような考えが浮かびました。〈ワニは海賊船に乗り込もうとしている〉

あの鉄の鉤爪さえ、だらりと動かずにいました。まるで、襲ってくる敵が狙《ねら》っているのは自分ではなくフックの体だと知っているかのように。こんな恐ろしいほどの孤独に陥ったら、他の人間であれば、目を閉じて倒れたままになっていたところでしょう。しかし、フックの途方もない頭脳は、まだ働いていました。フックはその頭脳に導かれ、音からできるかぎり遠ざかろうと、四《よ》つん這《ば》いになって甲板を進みました。海賊たちはうやうやしく道をあけました。船べりまでたどりつくと、フックはようやく口を開きました。

「わたしを隠すのだ」フックはしわがれ声で叫びました。

手下たちはフックのまわりに集まりました。誰一人として、船に乗り込んでこようとしているものに目を向けようとはしませんでした。それと戦う気などさらさらありませんでした。それは人間の力ではどうにもならない〝運命〟なのです。

フックの姿が見えなくなったとたん、男の子たちは好奇心にかられ、手足が動くようになりました。そして、ワニがのぼってくるのを見ようと船べりまで走っていきました。その時です、この〝夜の中の夜〟の出来事のうちでも最も予想外のものに出くわしたのは。みんなを助けに来たのはワニではなかったのです。それはピーターでした。

ピーターは、怪しまれるといけないから歓声をあげるなと男の子たちに合図しました。それから、チクタクという音を立て続けました。

第15章　今度こそフックかぼくかだ

私たちが人生を生きてゆくあいだには、自分の身に奇妙なことが起こりながら、しばらくのあいだ、起こったことに気づかないでいる、というようなことがあります。例をあげるなら、片方の耳が聞こえなくなって、どれくらいの時間か、そう、三十分もたってから急に気づく、そのようなことです。実は、それと同じようなことが、この夜のピーターにも起こったのです。私たちが最後にピーターを見た時、ピーターは唇に指をあて、短剣を構え、そっと島を横断しているところでした。ピーターは、ワニがそばを通るのを見ましたが、これといって変わったことには気づきませんでした。でも、やがて、チクタクという音がしていなかったことを思い出しました。最初は薄気味悪いような気がしましたが、ほどなく、正しい結論を下しました——時計が止まったのだ、と。

こんなふうに突然無二の親友を奪われた島の仲間がどんな気持ちでいるか、そんなことはまったく考えずに、ピーターはただちに、このワニの悲劇をどうしたら利用できるかを考えました。そして、チクタクという音をまねることにしました。そうすれば、島の猛獣たちはピーターがワニだと思って、邪魔しないで通してくれるはずだからです。ピーターのチクタクという音はとても上手でしたが、一つ予期せぬ結果が生まれました。当のワニもその音を聞いて、ピーターのあとを追ってきたのです。自分が失ったものを取り戻すつもりだったのか、それとも、時計がまたチクタク鳴りはじめたと思い込んで仲良くしようとしただけなのか、確かなことは永久にわからないでしょう。とにかく、愚か者はそうと思い込んだら考えを変えられないものですが、このワニもそうした愚かな獣だったのです。

ピーターは無事に岸にたどりつき、そのまま、まっすぐ進み続けました。ピーターの脚は、まるで水に入ったことに気づいていないかのように、水の中でもスムーズに動いていました。多くの動物がこうやって陸から水に入りますが、私の知るかぎり、人間ではピーターだけです。ピーターは泳ぎながら、〈今度こそフックかぼくかだ〉ということだけを考えていました。あまりに長いあいだチクタクと言い続けていたので、今では自分がやっていることを忘れてチクタクと言っていました。もし気がついていたら、やめてしまっていたでしょう。チクタク言いながら船に乗り込むなんて、ものすごい名案ですが、ピーターには思いもよらなかったからです。

それどころか、ピーターときたら、自分では船の横腹をネズミのように音もなくよじ登ったつもりでいました。だから、びっくりしてしまいました――海賊たちが、ワニのチクタクを聞いたような情けない様子のフックを取り囲み、逃げ腰でいるのを見て。

ワニか！　ピーターがワニのことを思い出すやいなや、チクタクという音が聞こえました。最初、その音はワニから出ているのだと思ったので、ピーターはさっと後ろを見ました。その時、自分がやっているのだと気づき、一瞬のうちに、どういうことか理解しました。「なんてぼくは頭がいいんだ」そう思って、すぐさま男の子たちに合図し、拍手喝采《かっさい》をさせないようにしたのでした。

まさにこの時です、舵《かじ》取《と》りのエド・テイントが船首の方の水夫部屋から出て、中板を歩いてきたのは。さあ、読者のみなさん、これから起こることがどれくらい時間がかかるか、ぜひ時計で測ってみてください。ピーターはねらい過《あやま》たず正確に深く突き刺しました。ジョンは不運な海賊の口を手でふさぎ、死のうめき声が漏れないようにしました。エドは前に倒れかかりました。四人の男の子がエドの体をつかみ、どさっという音が立たないようにしました。ピーターが合図を出すと、死体は船から海に投げ捨てられました。パシャンという音がして、また静かになりました。さて、どれくらいの時間がかかったでしょう？

「一人！」（スライトリーがカウントを始めました）

ちょうどよい時に、ピーターは忍び足でそっと船室の中に姿を消しました。というのは、海賊が一人ならず、勇気を振りしぼってあたりを見まわしはじめていたからです。海賊たちは今はもうお互いの苦しげな息づかいを聞くことができました。それはつまり、あの恐ろしいチクタク音がやんだということでした。

「行っちまいましたぜ、船長」スミーがメガネをふきながら言いました。「また静かになりやした」

フックはレースのカラーにもぐらせていた顔をこわごわ出すと、チクタクという音のこだまさえ聞き逃すまいとするかのように一心に耳をすましました。何の音も聞こえません。フックはようやく腰を上げ、胸を張って立ちました。

「よし、それでは、板歩きを祝して歌おう」フックは、自分のまずい姿を見られたので男の子たちにいっそう憎しみをおぼえながら、平然と言いました。そして、いかにも悪党にふさわしい歌を歌いはじめました。

エンヤホイサ、陽気にはしゃぐ板、

さあさあ歩いていってみな、
板が下がって、おまえは落ちて
海の墓場へまっしぐら！

捕らわれの身の子どもたちをさらに怯《おび》えさせるために、多少威厳はそこなわれるとはいえ、フックは板の上に乗っているまねをして踊ったり、苦痛で顔をゆがめながら歌ってみせたりしました。それが終わると、叫びました。「板を歩く前に、猫ムチで撫《な》でてもらいたいか？」

それを聞いて男の子たちは膝《ひざ》をつきました。「やだよ、やだよ」と男の子たちが哀れっぽく泣き叫んだので、海賊たちはみんなにやりとしました。

「猫ムチを取ってこい、ジュークス」フックは言いました。「船室にある」

船室だって！　ピーターは船室にいるのです！　子どもたちは顔を見合わせました。

「承知しやした」ジュークスは楽しげに言うと、大股《おおまた》で船室に入っていきました。男の子たちは目であとを追いました。フックがまた歌いはじめ、手下たちも歌に加わりましたが、子どもたちはほとんど気がつきませんでした。

エンヤホイサ、ひっかき猫のお出ましさ、
尻尾《しっぽ》は九本、知ってるか、
そいつがおまえの背中をひっかけば——

歌詞の最後がどんな文句なのかは、永久にわからないでしょう。というのは、突然、船室から恐ろしい悲鳴が聞こえ、歌が止まってしまったからです。その悲鳴は船じゅうに響きわたってから、消えました。続いて、鶏が時をつくるような、コケコッコーという声が聞こえました。子どもたちには何なのかよくわかっている声でしたが、海賊には悲鳴よりも不気味に思えました。

「今のは何だ?」フックが叫びました。

「二人」スライトリーが厳かに言いました。

イタリア人のチェッコが一瞬ためらったのち、船室に飛び込んでいきました。チェッコは抜け殻のようになって、よろめきながら出てきました。

「ビル・ジュークスはどうしたのだ、え?」フックはチェッコを見下ろすように立って、威圧的に言いました。

「やつがどうしたかってえと、死んでるんでさ、刺されてね」チェッコはうつろな声で答えました。

「ビル・ジュークスが死んだ！」海賊たちはびっくりして叫びました。

「船室は穴倉みてえに真っ暗でね」チェッコはわけのわからないことを言いました。

「だけど、何か恐ろしいものがいやがる。さっき聞こえた、鶏みてえな声のやつだ」

男の子たちの喜びの表情、海賊たちの打ち沈んだ顔、どっちもフックの目に入りました。

「チェッコ」フックはひときわ冷酷な声で言いました。「もう一度行って、そのコケコッコ野郎をつかまえて来るのだ」

チェッコは、勇者の中の勇者ですが、船長の前で縮みあがり、「ご、ごめんだ」と叫びました。しかし、フックは鉤爪《かぎづめ》の方を向いて喉《のど》を鳴らしていました。

「行くと言ったよな、チェッコ？」フックは考え込むように言いました。

チェッコは、やけくそになって両手を振り上げてから、行きました。もはや歌うどころではありませんでした。全員、耳をすましていました。また死の悲鳴が聞こえ、鶏が時をつくる声が続きました。

スライトリー以外誰も口を開きませんでした。「三人」とスライトリーは言いました。

フックは身ぶりで手下を集めると、「ええいっ、ちくしょう、いまいましい」とすさまじい声でどなりました。「あのコケコッコ野郎をひっつかまえてくるのは誰だ？」

「チェッコが出てくるまで、待ちましょうや」スターキーが不平がましく言い、他の者も同調しました。

「どうやらきさまが志願したようだな、スターキー」フックはまた喉を鳴らしながら言いました。

「いや、とんでもねえ！」スターキーは叫びました。

「わたしの鉄鉤は、きさまが志願したと思っておるぞ」フックはスターキーに近づきながら言いました。「この鉄鉤の機嫌をそこねんようにした方が身のためだと思うが、どうかな、スターキー？」

「あんなとこに入るくらいなら、首を吊《つ》るされた方がましってもんだ」スターキーは頑固に答えました。今度も仲間の支持を得ました。

「これは反乱か？」フックはそれまで以上に愉快そうにききました。「スターキーが首謀者というわけだな」

「船長、ご勘弁を」スターキーはわなわな震えながら、哀れっぽく訴えました。

「さあ、握手しよう、スターキー」フックは鉤爪を差し出しながら言いました。

スターキーは助けを求めてまわりを見ましたが、全員スターキーを見捨てました。スターキーが後ろに下がるにつれ、フックは前に進みました。今や、フックの目には赤い火花が散っていました。スターキーは絶望の悲鳴をあげながら、大砲に飛び乗ると、まっさかさまに海に落ちていきました。

「四人」スライトリーが言いました。

「さて、反乱を起こそうという紳士は、他にもおられたかな？」フックはことさら丁寧にききました。それから、ランタンをつかみ、威嚇《いかく》するように鉤爪を振りあげながら、「それでは、わたしが自分でコケコッコ野郎をひっつかまえてこよう」というと、さっさと船室に入っていきました。

「五人」と、スライトリーは早く言いたくてうずうずし、唇を濡《ぬ》らして待ちかまえました。ところが、フックはランタンも持たず、よろよろと出てきたのでした。

「何かが明かりを吹き消しおった」フックは少し落ち着きを失っていました。

「何かが！」マリンズが応じました。

「チェッコは？」ヌードラーがききました。

「死んでおった、ジュークスと同様にな」フックは手短に答えました。

フックがなかなか船室に戻りたがらないので、手下たちは好ましくない印象を持ちました。ふたたび不穏な空気が漂いました。海賊というのはみんな迷信深いものです。クックソンが「船に余計なやつが一人乗ってるってのは、船が呪《のろ》われてる確かな証拠だって言うじゃねえか」と叫びました。

「おれも聞いたことあるぜ」マリンズがつぶやきました。「そいつはいつも最後に海賊船に乗り込むってことだ。尻尾はありやしたか、船長？」

「噂《うわさ》じゃ」別の男が悪意のこもった目でフックを見ながら言いました。「そいつが出る時にゃ、船の中で一番悪いやつの姿を借りるってことだぜ」

「そいつには鉤爪はありやしたか、船長？」クックソンが無礼にもききました。海賊たちは次から次へと「この船は呪われてる」と叫びました。それを聞いて、子どもたちは歓声をあげずにいられませんでした。フックはこの捕らわれの身の子どもたちのことをほとんど忘れてしまっていましたが、今、子どもたちの方に振り向いたとたん、また顔を輝かせました。

「諸君」フックは手下たちに向かって叫びました。「いい考えがある。船室のドアを開けて、こいつらを押し込め。命がけでコケコッコ野郎と戦わせるのだ。もしこいつらがコケコッコ野郎を殺したら、好都合だ。こいつらが殺されても、なんの損にもならない」

これが最後になるのですが、手下たちはフックの頭のよさに感心しました。そして、フックの命令を忠実に実行しました。男の子たちは、抵抗するふりをしながら、船室に押し込められ、ドアが閉められました。

「さあ、聞け」フックが叫びました。みんな耳をすましました。しかし、ドアの方に目を向けられる者は一人もいませんでした。いえ、一人だけいました。これまでずっとマストに縛りつけられたままでいたウェンディです。ウェンディが待っているのは、悲鳴でも、鶏が時をつくる声でもありませんでした。ピーターがまた姿を見せるのを待っていたのです。

長く待つ必要はありませんでした。ピーターは船室の中で、探しに行ったものを見つけていました。子どもたちの手錠をはずす鍵《かぎ》です。そして今、全員、見つかった武器で身をかため、そっと船室から出ました。ピーターはまず男の子たちに隠れているように合図すると、ウェンディのロープを切りました。あとは、みんな一緒に飛び去ってしまえばいいだけで、これ以上たやすいことはなかったでしょう。でも、ある一つのことがそうさせてくれなかったのです。〈今度こそフックかぼくかだ〉という誓いです。だから、ピーターはウェンディを自由の身にすると、他の子どもたちと一緒に隠れているように指示しました。そして、自分がウェンディだと思われるようウェンディの外套《がいとう》を身につけ、ウェンディに代わってマストを背に立ちました。それから、大きく息を吸うと、鶏が時をつくる声を出したのでした。

海賊たちにとっては、その声は、船室でガキどもを皆殺しにしてやったぞと告げているように思えました。海賊たちはあわてふためきました。フックは手下たちにハッパをかけようとしましたが、これまで犬のように扱われてきた手下たちは、ここにきてフックに牙《きば》をむいたのでした。フックは、もし今手下たちから目を離したら、きっと飛びかかってくるぞと思いました。

「諸君」フックは言いました。必要なら、なだめすかすか一撃をくらわすかしようと身構え、一瞬たりとも気を抜きませんでした。「ついにわかったぞ。この船には、不幸をもたらす不信心者が乗っておるのだ」

「そうとも」手下たちはとげとげしく言いました。「鉄鉤をつけた男だぜ」

「いや、諸君、違う。あの娘だ。女を乗せた海賊船にいいことのあったためしはない。娘がいなくなれば、船の問題は解決する」

手下たちの何人かは、フリント船長がそんなことを言ったことがあるのを思い出しました。「ちょいとまあ、やってみてもいいか」手下たちは疑わしそうに言いました。

「娘を海に放り込め」フックが叫ぶと、手下たちは外套をまとった人間めがけて走りだしました。

「もうおめえを助けてくれるやつはいねえぜ、ねえちゃん」マリンズがからかうように言いました。

「一人いる」と、外套の人間が言いました。

「誰だ？」

「復讐《ふくしゅう》の鬼ピーター・パンだ！」恐ろしい答えが返ってきました。ピーターはそう答えながら、外套を脱ぎ捨てました。その時、海賊たちは知ったのでした――船室の中で仲間をやっつけていたのが誰だったのかを。フックは二度何かを言おうとして、二度とも失敗しました。私が思うに、この恐ろしい瞬間に、フックのふてぶてしい心も打ち砕かれてしまったのでしょう。

　フックはようやく「そいつを八つ裂きにしてやれ」と叫びましたが、自信がなさそうでした。

「さあかかれ、みんな、海賊をやっつけろ」ピーターの声が響きわたりました。次の瞬間、武器が打ち合わされる音が船じゅうに鳴り響きました。海賊たちが一か所にかたまっていたとしたら、勝っていたことでしょう。ところが、攻撃が始まったのは、海賊たちがみんなばらばらに散らばっている時でした。だから、海賊たちはそれぞれ自分が最後の生き残りだと思って、やみくもに剣を振りまわしながら、あっちに走り、こっちに走りしてしまいました。一対一なら海賊の方が強かったでしょうが、海賊たちは防戦一方となってしまい、おかげで男の子たちは二人一組になって獲物を漁《あさ》り、選ぶことができました。悪党の何人かは、海に飛び込みました。隅の暗がりに隠れる者もいましたが、そこでスライトリーに見つかってしまいました。スライトリーは戦いには加わらず、ランタンを持って走りまわりながら、暗がりにいる海賊たちの顔にパッと光を浴びせていたのです。その結果、海賊たちは目がくらみ、いとも簡単に、他の男の子たちの血に飢えた剣の餌食《えじき》になっていました。聞こえるのは、武器が打ち合わされる音、時々あがる悲鳴やザブンと海に落ちる音、それと、スライトリーが単調に――五人、六人、七人、八人、九人、十人、十一人――と数える声くらいでした。

この猛々《たけだけ》しい男の子の一団がフックを取り囲んだ時には、手下たちは一人もいなくなっていた、と私は思います。不死身とも思えるフックは、剣を火の輪のように振りまわして男の子たちを寄せつけないでいました。男の子たちはフックの手下たちはやっつけましたが、この男だけは、全員でかかっても勝てるかどうかわかりませんでした。男の子たちは何度も何度もフックに迫りましたが、そのたびにフックは剣で振り払いました。フックが男の子一人を鉤で吊るして盾にして戦っているところへ、マリンズを剣で突き刺してきたばかりのもう一人が、飛び込んできました。

「剣をおさめろ、みんな」新しく来た男の子は叫びました。「この男はぼくのものだ」

こうして突然、フックはピーターとあいまみえることになったのでした。他の男の子たちは後ろに下がり、二人のまわりを囲みました。

二人は長いことにらみ合っていました。フックはかすかに身を震わせ、ピーターは奇妙な笑みを浮かべていました。

「なるほど、パン」フックがようやく言いました。「みんなきさまのしわざだったのだな」

「そうとも、ジェームズ・フック」容赦のない答えが返ってきました。「みんなぼくがやったのさ」

「傲岸不遜《ごうがんふそん》な小僧め」フックは言いました。「死んでもらうぞ。覚悟しろ」

「卑劣で腹黒い大人め」ピーターは応じました。「いざ勝負だ」

それ以上何も言わず、二人は戦いを開始しました。しばらくのあいだは、互角の戦いが続きました。ピーターはすぐれた剣士で、目もくらむほどの速さで、攻撃をかわしていました。時々、フェイントをかけ、敵の防御をかいくぐって剣を突き出しましたが、腕が短いので届かず、突き刺すことはできませんでした。フックの方は、剣の腕前では大差ありませんでしたが、手首の動きがそれほどなめらかでなかったので、がむしゃらな攻撃で追いつめ、得意の突きで一気に勝負をつけようと思っていました。この突きは遠い昔、リオで、〝肉焼き《バーベキュー》〟こと大海賊ジョン・シルバーに教わったのです。ところが、驚いたことに、この突きが何度試みても巧みにかわされてしまいました。そこで、フックは接近して、それまでずっと空を切るばかりだった鉄鉤で、ピーターの息の根を止めようとしました。でも、ピーターはうまく体を折って攻撃をかわすと、勢いよく腕を伸ばし、フックのわき腹を突き刺しました。フックは自分自身の血を見て――みなさんは覚えているでしょうが、フックはその奇妙な色を嫌っていたのです――剣を落としてしまいました。こうなってはピーターのなすがままです。

「今だ！」男の子たちはいっせいに叫びました。しかし、ピーターは堂々たる身ぶりで、敵に剣を拾うように促しました。フックは即座にそうしましたが、ピーターが礼儀にかなった態度をとったのを見て、悲痛な思いに襲われました。

自分と戦っているのは悪魔か何かだ、とフックはそれまで考えていたのです。しかし、今はもっと暗い疑念にかられました。

「パン、きさまは誰なのだ、何者なのだ？」フックはしゃがれ声でききました。

「若さだ、喜びだ」ピーターは思いつきで答えました。「卵から出てきた小さな鳥だ」

もちろん、こんなのは無意味な言葉でした。しかし、不幸なフックには、はっきりわかりました——ピーターが自分が誰でどんな者なのか少しもわかっていない、ということが。そして、それこそが礼儀作法の極みなのです。

「よし、もう一度だ」フックはやけくそになって叫びました。

フックはめちゃくちゃに剣を振りまわしながら戦いました。その恐ろしい剣に当たったら、大人も子どもも真っ二つに切断されてしまったことでしょう。でも、ピーターは、剣の起こす風が危険地帯から吹き飛ばしてくれるとでもいうように、フックのまわりをひらひらと飛びまわりました。そして、すきを見て何度も飛び込んでは、ぐいと刺しました。

フックはもう望みを失って戦っていました。その激しい心は、もはや生きながらえることを求めていませんでした。ただ、最後に一つだけ望んでいました。心が永久に冷たくなってしまう前に、ピーターが礼儀に欠けたふるまいをするのを見ることを。

フックは戦うのをやめて、火薬庫に駆け込み、火をつけました。

「二分したら」フックは叫びました。「この船はこっぱみじんだ」

よし、これでピーターの本性が現われるぞ、とフックは思いました。

ところが、ピーターは砲弾をかかえて火薬庫から出てくると、落ち着き払って海に投げ捨てたのでした。

フック自身の礼儀作法はどうだったのでしょう？　道を誤った人間でしたが、最後には自分の家柄のしきたりを守ったことは、同情からではなく、素直に喜んでいいことでしょう。他の男の子たちは今、さもばかにしたようにあざけりながら、フックのまわりをぐるぐる飛びまわっていました。フックは甲板をよろよろ歩きながら、力なく男の子たちを攻撃していましたが、フックの頭にはもはや男の子たちのことはありませんでした。その頭に浮かんでいるのは、遠い昔に運動場を前かがみの姿勢で歩いたり、校長先生に呼ばれて礼儀正しさをほめられたり、有名な壁の上からイートン校式フットボールを見たりした自分の姿でした。そして今も、フックの靴はきちんとし、チョッキもきちんとし、ネクタイもきちんとし、靴下もきちんとしていました。

ジェームズ・フック、英雄でないともいいきれぬ男よ、さらば。

というのは、私たちはいよいよフックの最期《さいご》の瞬間に近づいているからです。

ピーターが短剣をかまえて空中をゆっくり迫ってくるのを見ると、フックは海に飛び込もうと船べりに飛び乗りました。フックはワニが待ちかまえていることを知りませんでした。というのは、フックが知らないですむように、私たちがわざわざ時計を止めておいたからです。最後にわずかながら敬意を表したのです。

フックは最後に一つ勝利の喜びを得ました。フックからそれまで奪う必要はない、と私は思います。船べりに立ったフックは、空中をさっそうと飛んで来るピーターを肩越しに振り返って見ながら、足を使うよう身ぶりで促しました。そこでピーターは、剣で突くのではなく、足で蹴《け》りました。

とうとう、フックの願いはかなったのでした。

「無礼者め」フックはあざ笑うように叫ぶと、満足げにワニの口へと飛び込んでいきました。

こうしてジェームズ・フックは死んだのでした。

「十七人」スライトリーが声高らかに言いました。でも、スライトリーの計算は必ずしも正しくありませんでした。その夜十五人は、犯した罪の報いを受けましたが、二人は岸にたどりついたのです。スターキーはインディアンにつかまり、インディアンの赤ん坊の子守係にさせられてしまいました。海賊としては悲しいほどの落ちぶれようです。スミーはその後、メガネをかけて世界じゅうをさまよい歩きましたが、自分こそはジェームズ・フックが恐れた唯一《ゆいいつ》の男だと吹聴《ふいちょう》しながら、その日暮らしを続けたのでした。

ウェンディは、もちろん、戦いにはまったく加わりませんでしたが、目を輝かせながらピーターの戦いぶりを見守っていました。でも、戦いが終わった今、ウェンディはまた活躍しはじめました。男の子たちを分けへだてなくほめ、マイケルから海賊を一人殺した場所を教えられると、うれしくて身震いしたほどでした。それから、男の子たちをフックの船室に連れて行くと、釘《くぎ》にかけられている時計を指さしました。それは〝一時半〟をさしていました！

もう時間が遅いということこそが、何よりもまず問題なのでした。言うまでもなく、ウェンディは男の子たちを大急ぎで海賊のベッドに追いたてました。ただし、ピーターだけは、甲板を気取って歩きまわっていましたが、そのうち、大砲のわきで眠ってしまいました。その夜、ピーターはよく見る夢を見ました。ピーターが眠りながら長いあいだ泣いていたので、ウェンディはしっかり抱いていてやりました。

第16章　家に帰る

その朝二点鐘《にてんしょう》が鳴る頃、つまり五時にはもう、みんな働き出していました。潮が大きく動いていたからです。水夫長のトートルズは、片手に縄ムチを握り、嚙《か》みタバコを嚙みながら、みんなに混じって立っていました。みんな、膝《ひざ》のところで切った海賊の服を着て、こぎれいに顔を剃《そ》り、いかにも水夫らしく肩を揺すったり、ズボンを引っぱり上げたりしながら、あわただしく動きまわっていました。

船長が誰かは言うまでもないでしょう。ニブズが一等航海士、ジョンが二等航海士でした。船には女性も一名乗っていました。それ以外の者は、平の水夫で、船首の方の水夫部屋があたえられていました。舵手《だしゅ》も兼ねているピーターは、早くも舵《かじ》に体を縛りつけていましたが、全乗組員を号笛で呼び集め、短い訓示を垂れました——雄々しい船乗りにふさわしくそれぞれの務めを果たしてもらいたい、しかし、諸君がリオや黄金海岸のろくでなしだということはわかっているから、もし刃向かうようなまねをしたら、八つ裂きにしてくれる、と。ピーターの荒っぽく遠慮のない言葉は、船乗りたちの心をしっかりとらえたので、みんな盛んに拍手喝采《かっさい》しました。それから、いくつか厳しい命令が出され、みんなは船の向きを変え、イギリス本土へと向かったのでした。

船の海図を調べたパン船長は、もしこの天候が続けば、六月二十一日頃にはポルトガル西方のアゾレス諸島まで行けるから、そこから先は、空を飛んで時間を節約しよう、と決めました。

乗組員の中には、この船をまともな船にしたいという者もいれば、海賊船のままがいいという者もいました。しかし、船長は乗組員を犬のように扱い、乗組員たちは自分らの希望を船長に伝える勇気が出ませんでした。誰が言いだしっぺかわからないように円形に署名する嘆願書すら提出できなかったのです。何事もなく切り抜けるには、すぐさま命令に従うしかありませんでした。スライトリーなど、水深を測れと言われた時に困った顔をしたせいで、十二回も鞭《むち》で打たれてしまいました。ウェンディから白い目で見られるといけないから、ピーターは今のところ海賊にはなっていないけれど、新しい服ができたら変わるかもしれない、というのがみんなの考えでした。その服というのは、ウェンディがいやいやながら、フックの不愉快きわまる服からピーター用に作り直してやっているものでした。あとになって、みんなのあいだでささやかれたところでは、ピーターは初めてその服を着た夜、長いこと船室に閉じこもっていましたが、口にはフックの葉巻用のパイプをくわえ、片手は人さし指を残してぎゅっと握り、その人さし指を鉤《かぎ》のように曲げ、相手を脅すように高くかかげていた、ということです。

しかし、そろそろ私たちは、船の様子を見るのはやめて、この本の三人の登場人物がずっと以前に非情にも飛び去ってしまったあの寂しい家に戻らなくてはいけません。これまでずっと十四番地の家のことをなおざりにしていたのは、まずかったことのように思えます。でも、お母さんのダーリング夫人は私たちを責めたりはしないでしょう。もし私たちがもう少し早く戻ってダーリング夫人を哀れむように見たとしたら、「ばかなことはおやめになって。わたしのことなど、かまわないのですから。さあ、お戻りになって、子どもたちをしっかり見守っていてくださいな」と懇願したことでしょう。お母さんたちがこんな調子であるかぎり、子どもたちはうまくお母さんを利用するのです。それはもう間違いありません。

あえて今、私たちがあの懐《なつ》かしい子ども部屋に足を踏み入れるのは、この部屋の本来の住人が帰国の途についているからです。ベッドがちゃんと風に当ててあるかどうか、ダーリング夫妻が夜に外出しないかどうか、それをしっかり確かめるためだけに、私たちはあの子たちに先行しようと急いでいるのです。私たちはいわば使い走りにすぎません。どうしてあの子たちのベッドがちゃんと風に当てられていなくてはならないのでしょうか？　恩知らずにも、あの三人はあんなにさっさと出て行ってしまったのに？　もしあの子たちが帰ってきて、お父さんとお母さんが田舎で週末をすごしているとわかったら、それこそいい気味ではないでしょうか？　あの子たちと出会って以来ずっと感じていたのですが、彼らにはぜひともそういう教訓が必要なのです。しかし、私たちがこんなふうに事を運んだら、ダーリング夫人は決して私たちを許さないでしょう。

私がぜひともやってみたいことが一つあります。それは、いろいろな作家がこれまでやってきたように、子どもたちが帰ってきますよ、実は来週の木曜日にここに着くのですよ、とダーリング夫人に教えることです。ただ、そんなことをしたら、ウェンディとジョンとマイケルが楽しみにしているサプライズ作戦を台なしにしてしまうでしょう。三人は船の上でいろいろ計画を練っているところなのです――本当はこっぴどくたたかれる覚悟でもしておくべきところなのですが、お母さんがうれしさで舞いあがり、お父さんは歓声をあげ、ナナは真っ先に抱きつこうと空中を跳んでくる、そんな展開を心に描いていました。あらかじめ知らせて、三人の計画を台なしにしてやったら、どんなにかおもしろいでしょう。そうしたら、子どもたちがもったいぶって入ってきても、ダーリング夫人はウェンディにキスさえしないかもしれませんし、ダーリング氏は「なんだ、子どもたちめ、戻ってきたのか」と不機嫌そうに言うかもしれません。しかし、私たちはそんなことをしても誰からも感謝されません。ダーリング夫人の性格はもうわかってきています。子どもたちから小さな喜びを奪ったりしたら、きっと私たちをとがめるはずです。

「しかし、奥さん、来週の木曜日までは十日もありますよ。ですから、本当のところをお教えしたら、奥さんの悲しみを十日分も減らせるのです」

「ええ、でも、そのために払う代償が大きすぎます！　子どもたちから十分間もの楽しみを奪うなんて」

「まあ、そのようにお考えになるなら」

「他に考えようがありますか？」

おわかりのとおり、この女性ときたら、まったくもってわからずやでした。私はこの人のとびきり優れた点をあれこれほめるつもりだったのです。でも、もういやになりました。いい点は一つも言いません。実のところ、この人にいろいろ準備しておきなさいとアドバイスする必要はないのです。準備はもうできているからです。どのべッドも風に当てられ、この人は決して家を空けず、ほら、窓は開いています。ほとんど何の用もないことを考えれば、私たちは船に戻った方がいいかもしれません。でも、せっかく来たのですから、しばらく滞在して見学するのも悪くないでしょう。しょせん、私たちはただの見物人にすぎません。誰も私たちなどに用はないのです。だから、ここは成り行きを見守って、いやみでも言ってやりましょう。誰かさんが傷つくことを期待して。

ダーリング家の子どもたちがいつも寝ていた子ども部屋でただ一つ変わったことは、朝の九時から夕方六時までのあいだは、もう犬小屋が置かれていないことです。子どもたちが飛び去ってしまった時、お父さんのダーリング氏は、こうなったのはみんな自分がナナを鎖につないだせいだ、最初から最後までナナの方が賢かった、と確信しました。もちろん、私たちもすでに見たとおり、このお父さんはかなり単純な人でした。実のところ、禿《は》げ頭をとってしまったら、あとは子ども同然といえたかもしれません。しかし、気高い正義感と、正しいと思うことは貫き通すライオンのごとき勇気を兼ね備えていました。子どもたちが飛び去ったあと、お父さんはこの一件について一心不乱に考え抜いたうえ、四《よ》つん這《ば》いになって犬小屋に入りました。お願いだから出てきて、とダーリング夫人がいくら頼んでも、お父さんは悲しげに、でも、きっぱりと答えたのでした。

「いや、お母さん、わたしにはここがふさわしいんだ」

良心の呵責《かしゃく》にさいなまれながら、お父さんは誓いました、子どもたちが帰ってくるまで、決して犬小屋から出ない、と。もちろん、これは気の毒なことでした。でも、この父さんは、何をやるにせよ、やりすぎるくらいでないとだめなのでした。でないと、すぐに心がくじけてしまうからです。かつてはあんなにいばっていたのに、今やすっかり謙虚になったジョージ・ダーリングは、夕方、犬小屋の中に座って、子どもたちや子どもたちのかわいい癖について妻と語り合うのでした。

ナナに対するお父さんの敬いぶりときたら、いじらしいといえるほどでした。ナナを犬小屋には入れさせませんでしたが、他のことはなんでもナナの希望どおりにしてやりました。

毎朝、お父さんの入った犬小屋が辻馬車《つじばしゃ》に積まれ、そのまま会社に運ばれました。同じようにして、夕方六時に家に帰ってきました。もしお父さんが以前は近所の人の評判にどれだけ敏感だったかを思い出せば、どれだけ精神的にタフになったかがわかるでしょう。今や、一挙手一投足が、驚くほどの注目を浴びているのですから。心の中では、それなりにつらい思いをしていたにちがいありません。でも、若い連中がその小さな家にあれこれケチをつけても、表面上は平静を保ち、中をのぞくご婦人に対しては、いつも丁寧に帽子をとって挨拶《あいさつ》しました。

それはドン・キホーテ的だったかもしれませんが、立派なことでした。まもなく、どうしてそんなことをしているのかが世間に知られると、大いなる感動を呼びました。群衆がやんやの喝采を浴びせながら、辻馬車のあとについてきました。きれいな娘たちが、サインを求めて辻馬車に殺到しました。かなり高級な新聞にインタビュー記事が載りました。社交界からは晩餐《ばんさん》に招かれましたが、招待状には「どうぞ犬小屋に入ったままお越しください」と書き添えてありました。

翌週、あの波乱に満ちた木曜日がやってきました。お母さんのダーリング夫人は子どもの寝室で、夫のジョージの帰りを待っていました。とても悲しそうな目をしていました。近くでよく見てみると、昔の陽気な面影がなくなってしまっているのがわかります。子どもたちを失ったせいです。それを思うと、結局、私はこのお母さんに意地悪なことなど言えそうもありません。もしお母さんが、あのろくでもない子どもたちを猫かわいがりするとしても、仕方がないのです。お母さんが椅子《いす》に座って眠っているところを見てごらんなさい。口元は——みんな最初にそこを見るものですが——しなびかけています。手は胸の上を落ち着きなく動いています。まるでそこが痛むとでもいうように。ピーターが一番好きな人がいます、ウェンディが一番好きな人もいます。でも、私はお母さんが一番好きです。お母さんを元気づけるために、眠っているお母さんの耳元で、あのわんぱく小僧たちが帰ってきますよ、とささやいてやったらどうでしょう。実をいうと、子どもたちはもう窓から三キロ以内のところまで来ていて、しかも、猛烈な勢いで飛び続けています。でも、そこまでは言わなくても、帰ってくるところですよ、と一言ささやくだけでいいのです。さあ、やりましょう。

で、ささやいてみたのですが、かえって気の毒なことをしてしまいました。というのは、お母さんは子どもたちの名前を呼びながら、ハッとして目を覚ましたのに、部屋にはナナしかいないからです。

「ああ、ナナ、わたし、かわいい子どもたちが帰ってきた夢を見たの」

ナナは目をうるませましたが、女主人の膝にそっと前足をかけることくらいしかできませんでした。二人がそんなふうに一緒に座っているところへ、犬小屋が戻ってきました。お父さんがお母さんにキスしようと犬小屋から顔を出しました。その顔は以前よりもやつれていますが、表情は穏やかです。

お父さんがライザに帽子を渡すと、ライザはさもばかにしたように受けとりました。というのは、ライザには想像力がなく、お父さんがどうしてそんなまねをしているのか、少しも理解できなかったのです。外では、辻馬車について家までやってきた群衆が、まだ喝采していました。お父さんはもちろん感動せずにはいられませんでした。「あの声を聞きたまえよ」お父さんは言いました。「まったくありがたいことだ」「小さな男の子ばかりですよ」ライザはあざ笑うように言いました。「今日は大人も何人かいた」お父さんは少し顔を赤らめながら断言しました。ライザは顔をつんと反らしましたが、お父さんはとがめたりしませんでした。少しくらい世間に認められたからといって、いい気にならず、むしろ以前よりもやさしくなったくらいなのです。お父さんはしばらくのあいだ犬小屋から半分出て、世間で持てはやされていることについてお母さんと話しました。あなたが舞い上がったりしないように願うわ、とお母さんが言うと、お父さんは安心させるようにお母さんの手を握りしめました。

「しかし、もしわたしが弱い人間だったら」お父さんは言いました。「どうしよう、もしわたしが弱い人間だったら！」

「だって、ジョージ」お母さんはおずおずと言いました。「あなた、今でも後悔でいっぱいなのでしょ？」

「今だって後悔でいっぱいだとも！　わたしの受けている罰を見たまえ。犬小屋で暮らしているんだから」

「それは罰なのね、ジョージ？　楽しんでいないと自信をもっていえる？」

「なんてことを！」

お母さんがお父さんに謝ったことは言うまでもありません。それから、お父さんはうとうとしてきたので、犬小屋の中で丸くなりました。

「遊び部屋のピアノを弾いて、わたしを眠らせてくれないかな？」お父さんは頼みました。お母さんが子どもの遊び部屋に行こうとすると、お父さんは軽率にもこう付け加えました。「それと、その窓を閉めてくれ。夜風が寒くてね」

「ああ、ジョージ、それだけは頼まないで。あの窓は子どもたちのためにいつも開けておかなくてはいけないの、いついかなる時も」

今度はお父さんが謝る番でした。お母さんが遊び部屋に行ってピアノを弾くと、お父さんはすぐに眠ってしまいました。そして、お父さんが眠っているあいだに、ウェンディとジョンとマイケルが部屋に飛び込んできたのです——。

いいえ、ちがいます。そんなふうに書いてしまったのは、私たちが船を離れる前、ダーリング家の三人がそんな素適な計画を立てていたからです。しかし、それ以降、何かが起こったにちがいありません。というのは、飛び込んできたのは、その三人ではなく、ピーターとティンカー・ベルだからです。

ピーターの最初の言葉で、すべてがわかります。

「急げ、ティンク」ピーターはささやきました。「窓を閉めろ、かんぬきをかけろ。それでいい。さあ、おまえとぼくは、玄関のドアから逃げなくちゃいけない。ウェンディが来たら、お母さんに締め出されたと考えるだろう。そしたら、ぼくと一緒に帰るしかなくなる」

なるほど、これで、疑問に思っていたことの謎《なぞ》が解けました。ピーターが海賊を滅ぼした時、どうして島に戻って、ティンクに案内をまかせ、子どもたちをイギリス本土に帰らせなかったのか。ピーターの頭の中には、ずっとこの計略があったのです。

ピーターは自分が悪いことをしていると思うどころか、うれしくて跳ねまわりました。それから、誰がピアノを弾いているのかを見ようと、遊び部屋をのぞき込みました。ピーターはティンクにささやきました。「あれがウェンディのお母さんだよ。きれいな人だけど、ぼくのお母さんほどきれいじゃないな。口元に指ぬきがいっぱいついているけど、ぼくのお母さんほどいっぱいじゃない」

もちろん、ピーターは、自分のお母さんのことなど何も知りませんでした。でも、時々、自慢したのです。

ウェンディのお母さんが弾いている曲は『埴生の宿《ホーム・スイート・ホーム》』でしたが、ピーターはその曲を知りませんでした。ただ、「帰ってきて、ウェンディ、ウェンディ、ウェンディ」と言っていることはわかりました。そこで、ピーターは勝ち誇ったように叫びました。「あんたは二度とウェンディに会えないよ、奥さん。窓は閉まっているんだから」

ピーターは、どうして音楽がやんだのかを確かめようと、もう一度のぞき込みました。見ると、ウェンディのお母さんはピアノに頭をもたせかけていました。そして、両方の目に涙を浮かべていました。

「ぼくに窓を開けろっていうんだな」ピーターは思いました。「開けないぞ、開けてたまるか」

ピーターはまたのぞき込みました。お母さんの目にはまだ涙が浮かんでいました。あるいは、新しい涙があふれ出てきたのかもしれません。

「ウェンディが好きでたまらないんだな」ピーターは独り言を言いました。今やウェンディのお母さんに腹を立てていました。どうしてウェンディを取り戻せないのか、わかってくれないからです。

その理由はとても簡単でした。「ぼくもウェンディが大好きなんだ。二人が同時にウェンディをそばに置くことはできないんだよ、奥さん」

でも、ウェンディのお母さんはあきらめようとしませんでした。ピーターは悲しくなりました。もうお母さんを見るのはやめましたが、それでも、お母さんはピーターの心にしがみついたまま離れようとしませんでした。ピーターは振り払おうと跳ねまわって、おかしな顔をしたりしましたが、やめると、お母さんが心の中に入ってきて、ノックしているような感じがするのでした。

「なら、わかったよ」ピーターはとうとう言って、ぐっと涙をこらえました。それから、窓のかんぬきをはずしました。「行こう、ティンク」ピーターはそう叫ぶと、この世の掟《おきて》を激しくあざ笑いました。「ぼくたちにはおばかなお母さんなんかいらないさ」そして飛び去りました。

そんなわけで、ウェンディとジョンとマイケルが帰ってきた時には、結局、窓は開いていたのでした。もちろん、この三人にはそんなに優遇してもらえるだけの資格はなかったのですが、まったく反省の色もなく床に降り立ちました。一番幼いマイケルは、もう自分の家を忘れてしまっていました。

「ジョン」マイケルは不思議そうにあたりを見まわしながら言いました。「ぼく、前にもここに来たような気がするよ」

「もちろんさ、ばかだな。そこにおまえのベッドがあるじゃないか」

「ああ、そうだね」マイケルは言いましたが、あまり確信はなさそうでした。

「ほら」ジョンが叫びました。「犬小屋だ！」ジョンは中を見ようと駆け出しました。

ウェンディが言いました。

「ナナが入っているんじゃないかしら」ウェンディが言いました。

でも、ジョンはヒューと口笛を吹きました。「あれ、中に男の人がいるよ」

「お父さんだわ！」ウェンディは叫びました。

「ぼくにお父さんを見せて」マイケルが熱心に頼みました。そして、じっくり見ました。「ぼくが殺した海賊ほど大きくないや」マイケルはあからさまにがっかりしたように言ったので、お父さんが眠っていてよかった、と私は思います。幼いマイケルから最初に聞いた言葉がこれだったら、悲しんだでしょうから。

ウェンディとジョンは、お父さんが犬小屋の中にいたので、ちょっと面くらいました。

「お父さんって、以前は犬小屋で寝ていなかったよね？」ジョンが、記憶に自信がなくなった人のように言いました。

「ジョン」ウェンディは口ごもりながら言いました。「わたしたち、自分で思っていたほど、以前の生活を覚えていないいんじゃないかしら」

二人とも寒けがしました。当然の報いです。

「お母さんもいい加減だなあ」若いならず者のジョンが言いました。「ぼくたちが帰ったというのに、いないなんて」

その時です、お母さんがまたピアノを弾きはじめたのは。

「お母さんよ！」ウェンディがのぞきながら叫びました。

「うん、そうだ！」ジョンが言いました。

「なら、ウェンディはぼくたちのほんとのお母さんじゃないの？」マイケルがききました。どうやら寝ぼけているようです。

「まあ、なんてことを！」ウェンディは叫びました。初めて心から良心の呵責をおぼえました。「今帰らなかったら、手遅れになっていたところだわ」

「そっと中に入ろうよ」ジョンが提案しました。「お母さんの目を後ろから手でふさぐのさ」

でも、このうれしいニュースはもっとやさしく知らせなくてはいけないと考えたウェンディは、もっといい案を思いつきました。

「みんな自分のベッドにこっそり入って、お母さんが来ても、そのまま寝ているのよ。まるでどこにも行かなかったみたいに」

そういうわけで、お父さんが眠ったか確かめようと、お母さんが子どもの寝室に戻ってきた時、ベッドはすべてふさがっていました。子どもたちはお母さんが喜びの声をあげるのを待ちましたが、それは聞こえませんでした。お母さんは子どもたちを見ましたが、そこにいるとは信じなかったのです。子どもたちがベッドで寝ている姿を夢で何度も見ていたので、これはどうせ夢の続きだろうと思ったのです。

お母さんは暖炉のそばの椅子に座りました。昔、子どもたちに乳を飲ませた場所です。

子どもたちには、お母さんがどうしてそんな行動をとるのか、理解できませんでした。三人とも不安に襲われ、寒けがしました。

「お母さん！」ウェンディが叫びました。

「ウェンディだわ」お母さんは言いましたが、まだ夢だと思い込んでいました。

「お母さん！」

「ジョンだわ」お母さんは言いました。

「お母さん！」マイケルが叫びました。マイケルにもようやくお母さんがわかったのです。

「マイケルだわ」お母さんは言いました。そして、三人のわがままな子どもたちに向かって腕を伸ばしました。この子たちのことは二度と抱けないと思っていましたが、抱けたのです。お母さんの腕は、ウェンディとジョンとマイケルを抱きとめました。三人はベッドから出て、お母さんのところまで駆け寄ってきたのです。

「ジョージ、ジョージ」口がきけるようになると、お母さんは叫びました。お父さんは目を覚まし、お母さんと喜びを分かち合いました。ナナも駆けつけました。これほど美しい光景はどこを探してもないでしょう。でも、窓からじっと中をのぞいている不思議な少年を除いて、これを見ている者はいませんでした。この少年は他の子どもたちが知らない無数の喜びを知っていましたが、一つだけ、この少年が永遠に味わえない喜びがありました。少年は今、それを窓から見ていたのです。

第17章　ウェンディが大人になった時に

他の男の子たちがどうなったか、みなさんはきっと知りたいことでしょう。男の子たちは、ウェンディが自分たちのことを説明してくれているあいだ、下で待っていました。そして、五百まで数えると、上にあがっていきました。階段を使ってあがりましたが、飛んでいくよりもその方が好印象をあたえられると思ったからです。男の子たちはウェンディのお母さんの前に、帽子をとって、横一列に並びました。海賊の服なんか着ていなきゃよかったな、と思いました。男の子たちは何も言いませんでしたが、その目はぼくたちをあなたの子どもにしてくださいと頼んでいました。お父さんのダーリング氏の方にも目を向けるべきでしたが、忘れてしまっていました。

もちろん、お母さんはすぐに、みなさんをうちの子にしてあげましょう、と言いました。でも、お父さんは妙に沈み込んでいました。六人では多すぎると考えているんだな、と男の子たちは思いました。

「まったく」お父さんはウェンディに言いました。「おまえって子は、物事を半分ですますどころか、二倍くらいやってしまうんだから」いやみったらしい言葉でした。双子は自分たちのことを言われたと思いました。

双子の兄は自尊心が強かったので、顔を赤らめながらききました。「ぼくたちが手に余るとお思いなんですか？　それなら、ぼくたち、帰ってもいいですよ」

「お父さんったら！」ウェンディが困って叫びました。でも、お父さんの顔は曇ったままでした。恥ずべきふるまいをしているとはわかっていましたが、どうすることもできませんでした。

「ぼくたち、体を小さく折り曲げて寝られるんです」ニブズが言いました。

「この子たちの髪の毛は、わたしがいつも刈ってたのよ」ウェンディは言いました。

「ジョージったら！」お母さんは叫びました。愛する人がそのようなみっともない姿をさらしているのを見かねたのです。

するると、お父さんはわっと泣き出し、やっと本当のことがわかりました。自分もお母さんと同じくらい喜んできみたちを子どもにしてやりたいんだ、とお父さんは言いました。ただ、お母さんの同意ばかりでなく自分の同意も求めてほしかったんだ。自分の家だっていうのに、取るに足らない人間のように扱わないでもらいたいんだ、と。

「ぼくはおじさんが取るに足らないなんて思わないよ」トートルズがすぐさま叫びま

した。「きみはおじさんが取るに足らないと思うかい、カーリー？」

「いや、思わないよ。きみはおじさんが取るに足らないと思うかい、スライトリー？」

「思うもんか。双子、きみたちはどう思う？」

男の子たちの誰一人として、ウェンディのお父さんが取るに足らないとは思っていないことがわかりました。お父さんはこっけいなほど満足し、客間に全員が入れるスペースがあるか、ちょっと見てやろうじゃないかと言いました。

「ぼくたち、入れますよ」男の子たちは請け合いました。

「それじゃ、隊長に続け《フォロー・ザ・リーダー》」お父さんは陽気に叫びました。「いいか、うちには客間があるかどうかわからないが、あるふりをするんだ。そしたら、あるのと同じだ。エイエイオー！」

お父さんは家の中を踊りながら前進しました。男の子たちもみんな「エイエイオー！」と叫んで、お父さんのあとに続いて踊りながら、客間を探しました。果たして客間が見つかったかどうか、私は忘れてしまいましたが、とにかく、隅がいくつか見つかり、全員うまくおさまることができました。

ピーターはどうしたかといえば、飛び去る前に、もう一度ウェンディに会いました。正確には窓のところまで来たとはいえませんが、通りすがりにわざと窓をかすめたのです――ウェンディがそうしたいなら、窓を開けて声をかけられるように。ウェンディはまさにそうしました。

「やあ、ウェンディ、さようなら」ピーターは言いました。

「あなた、行ってしまうの？」

「ああ」

「ピーター、ねえ、あなた」ウェンディは口ごもりながら言いました。「わたしの両親に何か話したいんじゃないの、とてもすてきなもののことを？」

「いや」

「わたしのことは、ピーター？」

「いや」

お母さんが窓のところまで来ました。今ではウェンディをしっかり監視していたのです。お母さんはピーターに、他の男の子たちをみんな養子にしたから、あなたも養子にしたいと話しました。

「ぼくを学校に行かせるんでしょ？」ピーターは抜け目なくききました。

「ええ」

「それから、会社に？」

「そうでしょうね」

「そのうち大人にならなくちゃいけないの？」

「近いうちにね」

「ぼくは学校に行って、まじめくさったことなんか勉強したくないんだ」ピーターは激しい口調で言いました。「大人になんかなりたくないいんだ。まっぴらさ、ウェンディのお母さん、朝、目を覚ますとひげが生えてるなんて！」

「ピーター。わたし、きっと、ひげのあなたが気に入るわ」なだめ役のウェンディが言いました。お母さんはピーターに向かって手を伸ばしましたが、ピーターははねつけました。

「近づかないで、奥さん。誰もぼくを捕まえて大人にすることなんかできないんだ」

「でも、どこで暮らすつもり？」

「ティンクと一緒に暮らすのさ、ウェンディのために建ててやった家でね。妖精《ようせい》たちが、自分の寝る木のてっぺんに、あれを運んでくれることになってるんだ」

「まあ、すてき」ウェンディがあこがれるように叫んだので、お母さんはウェンディをしっかりつかみました。

「妖精は死に絶えたものだと思っていたわ」お母さんは言いました。

「常に若い妖精がたくさんいるのよ」今やすっかり妖精の権威になっているウェンディが説明しました。「なぜならね、人間の赤ちゃんが誕生して初めて笑うたびに、新しい妖精が生まれるからよ。赤ちゃんは常に生まれるのだから、新しい妖精も常にいるわけ。妖精は木のてっぺんにねぐらを作って暮らしているのよ。藤色《ふじいろ》の妖精は男の子、白い妖精は女の子。青いのは、ほんの小さなおばかさんで、自分がどっちかまだわからないの」

「楽しいことでいっぱいさ」ピーターはウェンディをちらっと見ながら言いました。

「夜は寂しいでしょうね」ウェンディは言いました。「暖炉のそばに一人座って」

「ティンクがいるさ」

「ティンクなんか、こっちの二十分の一も役に立たないわ」ウェンディは少し辛辣《しんらつ》に指摘しました。

「こそこそ悪口言うな！」ティンクがどこか隅っこから叫びました。

「役に立たなくてもいいさ」ピーターは言いました。

「ピーター、わかってるでしょ、それじゃだめよ」

「なら、ぼくと一緒にあの小さな家に来いよ」

「行ってもいい、お母さん？」

「とんでもない。やっと帰ってきてくれたというのに。もう手放すつもりはないわ」

「でも、ピーターにはお母さんが必要なの」

「あなたにだって必要よ」

「そうか、わかったよ」ピーターは言いました。まるで、失礼にならないように気を使って頼んだだけさとでもいいたげな口調でしたが、お母さんはピーターの口元がひきつったことに気づきました。お母さんは気前よくこんな申し出をしました。毎年一週間、ウェンディをピーターのところに行かせて、春の大掃除をさせてもいい、というのです。ウェンディは、もっと長いあいだ行っていられたらいいのにと思いました。それに、春はまだまだ遠い先のように思われました。でも、この約束のおかげで、ピーターは元気を取り戻しました。ピーターには時間の感覚がありません。それに、数限りないほど冒険をしていて、私がここでお話ししたことなど、ごく一部にすぎないのです。おそらくウェンディにはそれがわかっていたからでしょう。最後に、ピーターにこんな悲しげな言葉をかけたのです。

「わたしのこと忘れないでね、ピーター、春の大掃除の時まで」

もちろん、ピーターは約束しました。それから、飛び去りました。ピーターはお母さんのキスをもらって行きました。これまで誰一人としてもらえなかったキスを、ピーターはいとも簡単にもらってしまったのです。奇妙なことです。でも、お母さんは満足そうでした。

もちろん、男の子たちはみんな学校に行きました。ほとんどの子は第三クラスに入りましたが、スライトリーは初め第四クラスに入れられ、それから第五クラスに落とされました。第一クラスが一番上のクラスです。みんな、学校に通いはじめてから一週間もたたないうちに、あのままネバーランドの島にいればよかったよ、なんてまぬけなことをしたんだろうと思いました。しかし、もう後の祭りでした。まもなく、この男の子たちは、みなさんや私やそこらの子どものように、どこにでもいる普通の人間になりました。残念と言わざるを得ないのですが、飛ぶ力をしだいに失ってしまったのです。最初のうちは、男の子たちが夜のうちに飛んでいかないように、ナナが足をベッドの柱に縛りつけていました。男の子たちの気晴らしの一つは、昼間、乗合馬車から落ちるふりをすることでした。しかし、やがて、ベッドに縛られた足を引っぱることもなくなり、乗合馬車から落ちるとけがをすることもわかってきました。そのうち、帽子のあとを追って飛ぶことさえできなくなりました。練習不足さ、と男の子たちは言っていました。でも、本当のところは、もはや信じなくなったためなのでした。

マイケルは、よくからかわれましたが、他の男の子たちより長いあいだ信じていました。そういうわけで、最初の一年がすぎようとしていた頃、ピーターがウェンディを迎えに来たのですが、その時もマイケルはウェンディと一緒にいたのです。ウェンディは、ネバーランドにいた時に木の葉と野イチゴの実で作った服を着て、ピーターと一緒に飛んでいきました。その服が短くなったことに気づかれるのではないか、とウェンディはちょっと心配でしたが、ピーターは全然気づきませんでした。自分の話をするのに夢中だったからです。

ウェンディは、ピーターとともに体験した数々の出来事を懐《なつ》かしく話せると思ってわくわくしていたのですが、ピーターの頭には新しい冒険のことがぎっしり詰まっていて、古い冒険のことは忘れてしまっていました。

「フック船長って誰さ？」ウェンディがあの悪賢い敵のことを話した時、ピーターは興味深そうにききました。

「覚えてないの？」ウェンディは驚いてききました。「あなたはフック船長を殺して、わたしたちみんなの命を救ってくれたじゃない？」

「殺したら、忘れてしまうのさ」ピーターは何でもないように答えました。

ティンカー・ベルはわたしと会って喜んでくれるかしら、とウェンディが自信なさ

そうに言うと、ピーターは「ティンカー・ベルって誰さ？」と言いました。ウェンディが説明し

「まあ、ピーター」ウェンディはショックを受けて言いました。ウェンディが説明してやっても、ピーターは思い出せませんでした。

「妖精はたくさんいるものでね」ピーターは言いました。「その妖精はもう死んだんじゃないかな」

私はピーターの言ったとおりだと思います。妖精は長生きできないからです。ただ、とても小さいので、人間には短く思えても、妖精にはかなり長く思えるのです。

ウェンディはまた、ピーターにはこの一年が昨日一日のようにしか思えないことがわかって、悲しくなりました。待っていたウェンディにとっては、果てしなく長く感じられた一年だったのです。とはいえ、ピーターは、相変わらず魅力的でした。二人は木のてっぺんの小さな家で、とても楽しく春の大掃除をしました。

翌年、ピーターはウェンディを迎えに来ませんでした。ウェンディは、古い服はサイズが合わなくなってしまったので、新しい服を作って待っていたのです。なのに、ピーターは来ませんでした。

「たぶん病気なのさ」マイケルが言いました。

「ピーターが病気にならないことは知ってるでしょ」

マイケルはウェンディのそばに寄って、身震いしながらささやきました。「ピーターなんて人、いないのかもよ、ウェンディ！」その時マイケルが泣いていなかったら、ウェンディは泣いたことでしょう。

ピーターは翌年の春の大掃除の時には来ました。奇妙なことに、ピーターは、一年ぬかしたことにまったく気づいていませんでした。

ウェンディが子どもの時にピーターに会ったのは、それが最後でした。もう少しのあいだ、ウェンディはピーターのために大きくなるまいとしました。常識テストで賞をもらった時には、ピーターを裏切ったような気がしました。しかし、何年たっても、あの気ままな少年はやって来ませんでした。そして、二人がまた会った時、ウェンディはもう結婚していました。ピーターは、ウェンディにとって、昔オモチャをしまっていた箱の中の小さな埃《ほこり》にすぎなくなっていました。ウェンディは大人になったのです。ウェンディに同情する必要はありません。むしろ大人になりたいタイプの人間だったのですから。結局、ウェンディは自ら進んで他の女の子よりも一日早く大人になったのでした。

この頃にはもう、男の子たちもみんな大人になり、おもしろみのない人間になっていました。ですから、男の子たちについてはこれ以上語ることはほとんどありません。

みなさんは、双子とニブズとカーリーがそれぞれ小さな鞄《かばん》と傘を持って会社に行く姿をいつでも目にすることができるでしょう。マイケルは鉄道の機関士です。スライトリーは貴族のご令嬢と結婚し、自分も貴族になりました。かつらをかぶった裁判官が、いかめしい鉄の扉から出てくるのが見えますか？　あれが現在のトートルズです。子どもたちに話してやれるお話を何も知らないひげの男、あれがジョンの今の姿です。

ウェンディは白いウェディングドレスにピンクの飾り帯《サッシュ》を巻いて結婚しました。ピーターが教会に降り立って、この結婚に異議を唱えなかったのは、思えば不思議です。

ふたたび何年かすぎ、ウェンディに女の子が誕生しました。本当なら、これはインクなどではなく、金文字で書かれるべきことです。

その女の子はジェーンという名前で、いつも奇妙にもの問いたげな顔をしていました。まるで、この国に生まれた瞬間から、いろいろ質問したがっているような感じだったのです。大きくなって、実際に質問できるようになってみると、その質問はほとんどピーター・パンのことでした。ジェーンはピーターの話を聞くのが大好きでした。ウェンディは子ども部屋で、思い出せるかぎりの出来事を話してやりました。その子ども部屋は、ウェンディたちが空へと飛びたち、あの素晴らしい冒険を始めた場所で、今はジェーンの子ども部屋になっていました。というのは、ジェーンのお父さんが、もう年で家の階段を昇り降りするのがつらくなったウェンディのお父さんから、その家を金利三パーセントの分割払いで買ったからです。ウェンディのお母さんはもう死んで、忘れられていました。

子ども部屋には今、ベッドが二つしかありませんでした。ジェーンのベッドと子守のベッドです。犬小屋はありませんでした。ナナも死んでしまったからです。ナナは老衰で死んだのですが、最後の頃は、ずいぶん気むずかしくなっていました。自分以外に子どもの世話の仕方を知っている者はいない、と固く信じていたからです。

週に一晩、ジェーンの子守は休みをとりました。その夜は、ウェンディがジェーンを寝かしつけました。それがお話の時間でした。ジェーンは、お母さんと自分の頭の上にシーツをかぶせてテントにする、ということを思いつきました。そうして、恐ろしい暗闇《くらやみ》の中でささやくのでした。

「ねえ、何が見える？」

「今夜は何も見えないようよ」ウェンディが言います。ナナがここにいたら、これ以上お話しすることに反対するだろうな、と思いながら。

「いいえ、見えてるはずよ」ジェーンは言います。「お母さんが小さな女の子だった時が見えてるはずだわ」

「それはずっと昔の話よ」ウェンディは言います。「ああ、時って飛ぶようにすぎてしまうのね！」

「時って飛ぶのかしら」その子は巧みにききます。「お母さんが小さい時に飛んだみたいに」

「お母さんが飛んだみたいに、ですって！　あのね、ジェーン、お母さん、自分が本当は飛んだことがないいんじゃないか、と時々思うことがあるのよ」

「いいえ、飛んだのよ」

「ああ、昔は飛ぶことができたなんて！」

「どうしてもう飛べないの、お母さん？」

「大人になったからよ。人は大人になると、飛び方を忘れてしまうの」

「どうして飛び方を忘れてしまうの？」

「もう陽気でも無邪気でも情け知らずでもなくなるからよ。飛べるのは、陽気で無邪気で情け知らずな人だけなの」

「陽気で無邪気で情け知らずって、どんなふうなの？　あたし、陽気で無邪気で情け知らずになりたいわ」

かと思うと、ウェンディは何かが見えると認めることもあります。「あれはきっと、そう、この子ども部屋だわ」とウェンディは言います。

「ええ、きっとそう」ジェーンは言います。「お話を続けて」

こうして二人は、ピーターが自分の影を探しに飛び込んできたあの夜の大冒険に乗り出すのです。

「あのおばかさんはね」ウェンディは言います。「石鹸《せっけん》で影をくっつけようとしたのよ。くっつかなくて、泣いてて、それで、お母さんは目を覚ましたの。お母さんが影を縫いつけてやったのよ」

「少しぬかしたわ」今やお母さんよりもその話に詳しいジェーンが、口をはさみます。「ピーターが床に座って泣いているのを見た時、お母さんはなんと言ったの？」

「ベッドの上に起き上がって、『まあ、あなた、どうして泣いていらっしゃるの？』と言ったのよ」

「ええ、そうそう」ジェーンは大きく息を吸い込みます。

「それから、ピーターはお母さんたちに飛び方を教えて、ネバーランドまで連れていってくれたの。ネバーランドには妖精や海賊やインディアンがいて、人魚の入江や、地下の家や、小さな家があったわ」

「そうよ！　お母さんはその中でどれが一番好きだった？」

「ええと、地下の家が一番好きだったわ」

「ええ、あたしも。ピーターはお母さんに最後になんと言ったの？」

「ピーターは最後にこう言ったわ。『いつもぼくを待っていてくれ。そしたら、いつか、夜、ぼくが時をつくる声が聞こえるから』って」

「ええ」

「だけど、ああ、ピーターったら、お母さんのことをすっかり忘れてしまったの」ウェンディは笑顔でそれを言いました。それくらい大人になっていたのです。

「ピーターが時をつくる声ってどんなふうだったの？」ジェーンはある晩ききました。

「こんなふうだったわ」ウェンディは、鶏が時をつくるようなピーターの声をまねようとしました。

「いいえ、そんなんじゃなかったわ」ジェーンは真剣に言いました。「こんなふうよ」そしてジェーンは、お母さんよりもずっと上手にまねしてみせました。

ウェンディは少し驚きました。「まあ、あなた、どうして知ってるの？」

「眠っている時に、よく聞くの」ジェーンは言いました。

「ああ、そうね、眠っている時それを聞く女の子はたくさんいますものね。でも、起きている時に聞いたのはお母さんだけよ」

「運がいいのね」ジェーンは言いました。

それから、ある夜、悲劇が起こったのです。その年の春でした。その夜のお話が終わって、ジェーンはベッドでもう眠っていました。ウェンディは、繕いものをするために、暖炉のすぐそばの床に座っていました。子ども部屋には、暖炉の火の明かりしかなかったのです。ウェンディがそうして座って繕いものをしていると、鶏が時をつくるような声が聞こえました。そして、昔のようにさっと窓が開いて、ピーターが床に降り立ったのでした。

ピーターは昔とまったく同じでした。ウェンディはすぐに、ピーターの歯がまだ乳歯のままであることに気づきました。

ピーターは小さな少年でしたが、ウェンディは大きくなっていました。ウェンディは体を動かす勇気も出ず、暖炉のそばに縮こまりました。気がとがめ、どうしたらいいのかもわかりませんでした。大きな大人になってしまっていたのです。

「やあ、ウェンディ」ピーターは言いました。ウェンディの変化にはまったく気づいていませんでした。というのは、ピーターは、もっぱら自分のことしか考えていないからです。薄暗がりの中で、ウェンディの白い服は、初めて会った時に着ていたネグリジェに見えたのかもしれません。

「こんばんは、ピーター」ウェンディは体をできるだけ小さく縮めながら、おずおずと応じました。心の中で何かが叫んでいました。「大人よ、大人よ、わたしから出て行って」

「おや、ジョンはどこ？」ふとベッドが一つ足りないことに気づいて、ピーターはききました。

「ジョンはもうここにいないの」ウェンディはあえぐように答えました。

「マイケルは眠っているの？」なにげなくジェーンの方を見ながら、ピーターはききました。

「ええ」ウェンディは答えましたが、これではピーターばかりでなくジェーンの信頼も裏切っていると感じました。

「あれはマイケルじゃないの」天罰がくだるといけないので、ウェンディは急いで言いました。

「ええ」

ピーターは目を向けました。「ふうん、新しく生まれた子？」

「男の子、それとも女の子？」

「女の子よ」

これでピーターもわかってくれるでしょう。と思いきや、まったくわかってくれません。

「ピーター」ウェンディは口ごもりながら言いました。「わたしに一緒に飛んでいってほしいの？」

「もちろんさ。だから、来たんじゃないか」ピーターは少し険しい口調で付け加えました。「春の大掃除の時期だってこと、忘れてしまったのかい？」

春の大掃除を何回もすっぽかしたのはそっちじゃないの、と言ってもむだだということは、ウェンディにはよくわかっていました。

「わたしは行けないの」ウェンディはすまなそうに言いました。「飛び方を忘れてしまったし」

「また教えてやるよ」

「ああ、ピーター、わたしに妖精の粉をかけてむだにしないで」

ウェンディは立ち上がりました。ここにきて、ピーターはついに不安に襲われました。「どうしたんだ？」ピーターはしり込みしながら言いました。

「部屋を明るくするわ」ウェンディは言いました。「そしたら、自分の目で確かめられるから」

私の知るかぎり、ピーターが怯《おび》えたのは、一生でこの時だけです。「明るくしないで」とピーターは叫びました。

ウェンディはこの悲劇の少年の髪を手で撫《な》でました。ウェンディはもう、ピーターに会えないからといって悲嘆にくれる小さな女の子ではありませんでした。そうしたことを笑みを浮かべて懐かしめる大人の女性でしたが、その笑みは涙に濡《ぬ》れていました。

それから、ウェンディは部屋を明るくしました。ピーターは自分の目で確かめ、苦痛の叫び声をあげました。背の高い美しい女性が身をかがめてピーターを抱きあげようとした時、ピーターはさっと後ろに下がりました。

「どうしたんだ?」ピーターはまた叫びました。

ウェンディは話すしかありませんでした。

「わたしはもう年をとったのよ、ピーター。とうに二十歳を過ぎてるわ。ずっと前に大人になったの」

「大人になんかならないって約束したじゃないか!」

「どうしようもなかったの。わたし、もう結婚しているのよ、ピーター」

「いや、そんなはずない」

「嘘《うそ》じゃないわ。ベッドのあの女の子は、わたしの子どもなの」

「いや、そんなはずない」

でも、ピーターは、ウェンディの言うとおりなのだろうと思いました。そして、短剣をかかげて、眠っている子どもの方に一歩近づきました。もちろん、刺したりはしませんでした。代わりに床に座り込み、しくしく泣きだしました。ウェンディにはどうやって慰めたらいいのかわかりませんでした。昔はあんなに簡単に慰められたのに。今はもう、ただの大人にすぎなかったのです。よく考えてみようと、部屋から走り出ました。

ピーターは泣きつづけました。まもなく、その泣き声でジェーンが目を覚ましました。ジェーンはベッドの上に起きあがると、その男の子にすぐに惹《ひ》きつけられました。

「まあ、あなた」ジェーンは言いました。「どうして泣いていらっしゃるの?」

ピーターは立ち上がって、ジェーンにお辞儀をしました。ジェーンもベッドの上からお辞儀をしました。

「こんばんは」ピーターは言いました。

「こんばんは」ジェーンは言いました。

「ぼく、ピーター・パンっていうんだ」ピーターはジェーンに名乗りました。

「ええ、知っているわ」

「ぼくはお母さんを迎えに戻って来たんだ」ピーターは説明しました。「ネバーランドに連れて行くためにね」

「ええ、知っているわ」ジェーンは言いました。「あたし、あなたをずっと待っていたのよ」

ウェンディがおそるおそる子ども部屋に戻った時には、ピーターはベッドの柱の上に座って、楽しげに鶏の時の声をあげていました。ジェーンの方は、寝間着のまま、有頂天になって部屋じゅうを飛びまわっていました。

「彼女がぼくのお母さんさ」ピーターは説明しました。ジェーンは降下し、ピーターのわきに立ちました。ジェーンの顔には、ピーターが女性から見つめられる時にその顔にあってほしいと思っている、まさにその表情が浮かんでいました。

「ピーターにはお母さんが必要なの」ジェーンは言いました。

「ええ、わかっているわ」ウェンディはなんとなく寂しそうに認めました。「わたしほどそれがわかっている人間はいないわ」

「さようなら」ピーターはウェンディに言いました。そして、空中に舞い上がりました。ジェーンもなんのためらいもなく舞い上がりました。ジェーンにはもう、飛ぶのが最も簡単な動き方になっていました。

ウェンディは窓に駆け寄りました。

「だめよ、だめ」ウェンディは叫びました。

「春の大掃除の時だけよ」ジェーンは言いました。「ピーターがね、あたしにいつも春の大掃除をしてほしいんですって」

「わたしが一緒に行けたらいいのに」ウェンディはため息をつきました。

「お母さんは飛べないんでしょ」ジェーンは言いました。

もちろん、結局のところ、ウェンディは二人を一緒に飛んでいかせてやりました。最後にちらっと目撃されたのは、窓辺に立つウェンディが、はるか空のかなたへと遠ざかっていく二人を星のように小さくなるまで見送っている姿でした。

ところで、今みなさんがウェンディを見かけたとしたら、髪は白くなり、体はまた小さくなっているかもしれません。というのは、実をいうと、これはみんなずっと昔の話だからです。ジェーンはもう普通の大人で、マーガレットという娘がいます。毎年春の大掃除の時期には、ピーターが——忘れた時を除いて——マーガレットを迎えに来て、ネバーランドに連れて行きます。ネバーランドでは、マーガレットがピーターの数々の冒険談を話してやり、ピーターは熱心に耳を傾けます。マーガレットが大人になったら、また女の子が生まれることでしょう。そして、その子が今度はピーターのお母さんになります。こうしていつまでも繰り返されていくのです――子どもが陽気で無邪気で情け知らずであるかぎり。

訳者あとがき

ピーター・パンというと、何はさておきディズニーの長編アニメーションのインパクトが強くて、ほとんどの人が何らかの形であのディズニー映画を通じてピーター・パンのキャラクターとストーリーを心に焼きつけられているのではないだろうか。それでもう充分となってしまうのか、ピーター・パンは児童文学の名作とされているわりには、改めて原作を読んだことのある人は案外少ないように思われる。

そして、一般的には、ピーター・パンがウェンディと彼女の弟たちを連れて空を飛んでネバーランドに行き、数々の冒険を繰り広げる、という夢のようなファンタジーの物語として認識されている。まあ、確かにそれで間違いないのだが、原作である本書『ピーター・パンとウェンディ』を読むと、実はもう少し複雑で陰影に富んだ物語だとわかって驚くかもしれない。

元々このピーター・パンの物語は一九〇四年に初演された戯曲で、当時のプログラムを見ると、タイトル *PETER PAN* のあとに小さく *OR THE BOY WHO WOULDN'T GROW UP* と副題が書き添えられている。合わせて『ピーター・パン

――すなわち、大人になりたがらない少年』となるわけで、むしろ大人の世界を拒むピーター・パンの孤独をアピールしていたことが感じとれる。この戯曲を観《み》たバーナード・ショーが、いみじくも「うわべは子ども向けの娯楽作品に見えるが、実際は大人向けの芝居である」と評したように、子どもだけを対象にした単純な物語ではなかったのである。

実は本書『ピーター・パンとウェンディ』は、作者ジェームズ・M・バリーがその戯曲を元に、舞台では一九〇八年にたった一度しか演じられなかった場面を追加して（最後の「第17章　ウェンディが大人になった時に」）自ら小説化、一九一一年に出版されたものである。

その最後の一章だが、あえて追加された以上、当然作者のなんらかの強いこだわりがあって、この小説のテーマにかかわる重大な意味が隠されているのではないか、と考えるのが妥当だろう。なるほど、結末である17章には、作者の人生観と実体験が色濃く反映し、『ピーター・パンとウェンディ』という作品の中で、大人にとっては一番読み応《ごた》えのある箇所といっていいかもしれない。この一章があるからこそ、この小説がただの夢と冒険のお伽話《とぎばなし》で終わっていないのだと気づかされる。

そこに描かれているのは、大人になることをあくまで拒むピーター・パン（作者でもある）の、孤高ともいえる姿である。

かつて「ピーター・パン・シンドローム」という言葉が流行《はや》り、ピーター・パンが「大人になれない男」の象徴とされ、ネガティブなキャラクターとなってしまったことがある。しかし、ピーター・パンは大人になれないのではなく、本当は大人になれるがあえてならないでいる、そんなことがピーターの毅然《きぜん》とした態度からはうかがえる。

例えば、ピーター・パンとウェンディのお母さんとの会話。

「ぼくを学校に行かせるんでしょ？」ピーターは抜け目なくききました。

「ええ」

「それから、会社に？」

「そうでしょうね」

「そのうち大人にならなくちゃいけないの？」

「近いうちにね」

「ぼくは学校に行って、まじめくさったことなんか勉強したくないんだ」ピーターは激しい口調で言いました。「大人になんかなりたくないいんだ。まっぴらさ、ウェンディのお母さん、朝、目を覚ますとひげが生えてるなんて！」

ピーター・パンは、大人になってやってもいいけどお断りだね、といった調子で、堂々と自らの意志で大人になることを拒絶しているのである。

もしピーターが、ここで「では、この家《うち》の子になります」と素直に返事していたら、どうなっていただろう？

かのスティーブン・スピルバーグ監督も同じことを思ったらしく、このifの答えの一つとして『フック』という映画を作っている。その映画で故ロビン・ウィリアムズが演じたピーター・パンは、四十歳の弁護士となり、空を飛ぶことも忘れ、ウェンディのお父さんのように、お金のことばかり気にするつまらない大人になってしまっていた（ちゃんと学校に行って真面目《まじめ》に勉強したのだろう、たぶん）。

ただし、つまろうがつまらなかろうが一人だけ大人にならないでいると、まわりの人間はおかまいなしにどんどん成長していき、自分だけ取り残されてしまうことになる。ピーター・パンの信念がいかに立派でも、あくまでそれを貫き通せば痛みも伴う。

同じく17章で、ピーターは大人になったウェンディとこんなやりとりをする。

「わたしはもう年をとったのよ、ピーター。とうに二十歳を過ぎてるわ。ずっと前に大人になったの」

「大人になんかならないって約束したじゃないか！」

まさにピーター・パンが一転悲劇のヒーローになってしまうような、痛切なセリフである。置いてきぼりをくってしまった人間の悲痛な嘆きが聞こえてくる。

ピーターが発した「大人になんかならないって約束したじゃないか！」というこの一言は、一九〇八年に舞台で一回だけ演じられた際にも含まれていたセリフだが、執筆された時期を考えると、単なるピーターの叫びではなく、どうも作者ジェームズ・M・バリー自身の内なる苦悶《くもん》の声でもあったように思える。

実は、ピーター・パン誕生の裏には、一八九七年に始まった、デイビーズ家の子どもたちとジェームズ・M・バリーとの親しい交流がある。

この辺のいきさつは、十年ほど前に公開された『ネバーランド』という映画に詳しく描かれている。ピーター・パンの作品誕生の裏話といってもいいあの映画は、細部は史実と若干異なるが、ジョニー・デップ演じるジェームズ・M・バリーが、ケンジントン公園で知り合ったデイビーズ家の子どもたちとの冒険遊びを通じてピーター・

パンの着想を得たというのは、まさにあの通りだったのである。

しかし、一九〇四年にピーター・パンの戯曲が初演され大成功を収めたあと、デイビーズ家の子どもたちは、もちろん、ピーター・パンのように子どものままでいることはなかった。ジェームズ・M・バリーが最も可愛《かわい》がっていた長男のジョージはイートン校に入り、次男のジョン（愛称ジャック）は海軍兵学校に入り、三男のピーターは小学校に通いはじめる。バリーは、この子たちが成長して自分から離れていくのを、手からすり抜けていくようだったと後に書いているが、もう以前のように一緒に楽しく無邪気に遊ぶことはできなくなってしまった。それを考えると、先ほどのセリフはなかなか意味深く、置き去りにされて一人取り残された作者自身の嘆きの言葉に聞こえてしまうのである。

しかも、ピーター・パンの成功とは裏腹に、この時期、ジェームズ・M・バリーの周辺では、不幸が重なっている。まず、デイビーズ家の子どもたちの父親アーサーが癌《がん》で亡《な》くなってしまう。続いて、バリーの身体的欠陥に不満を抱いた夫人のメアリーが、バリーの秘書の青年と不倫騒動を起こし、結局、バリーは離婚することに。追い討ちをかけるように、デイビーズ家の子どもたちの母親シルビアまでが、癌で逝《い》ってしまう。

こうした経験を経て一九一一年に執筆されたのが本書『ピーター・パンとウェンディ』で、作者の私生活が作品全体に少なからず影響をあたえ、明るい冒険物語に暗い影を落としていることは確かだろう。例えば「ウェンディのお母さんはもう死んで、忘れられていました」といった表現は、デイビーズ家の子どもたちの母親のやるせない死を抜きには考えられない。ウェンディのお母さんは、四十三歳にして五人の子どもを残して世を去った母親、シルビア・デイビーズがモデルなのである。

ちなみに、この母親シルビア（映画『ネバーランド』ではケイト・ウィンスレットが演じた）の弟は俳優のジェラルド・デュ・モーリアで、ピーター・パンの戯曲の初演時に、ウェンディの父親とフック船長の二役を演じている。そして、ジェラルド・デュ・モーリアの娘は、『レベッカ』や『鳥』で有名な小説家ダフネ・デュ・モーリアである。

ところで、ピーター・パンの登場人物の名前のいくつかには、ジェームズ・M・バリーの粋《いき》なはからいで、デイビーズ家の子どもたちの名前が使われている。長男のジョージは、ウェンディのお父さんの名前に。次男のジョン〝ジャック〟と四男のマイケルは、それぞれウェンディの二人の弟の名前に。三男のピーターはピーター・パンの名前に、という具合である。

ただ、ジェームズ・M・バリーの望みを裏切り、ピーター・パンとはならずに大人になってしまったこの子どもたちの何人かは、悲劇的な最期《さいご》を遂げている。長男のジョージは第一次世界大戦中の一九一五年に戦死、四男のマイケルはオックスフォード大学在学中の一九二一年に大学近くの池で溺死《できし》。また、三男のピーターは第一次世界大戦で戦争神経症にかかり、その後出版社を経営していたものの、一九六〇年に自殺している。ピーターは、名前のせいで自分が安易に〝ピーター・パン〟に結びつけられてしまうことに複雑な思いを抱いていて、これにも生涯悩み苦しんでいたという。

さて、不滅のヒーロー、ピーター・パンを生んだジェームズ・M・バリーは、一八六〇年（日本でいうと万延元年）にスコットランドで生まれ、一九三七年（昭和十二年）に七十七歳で生涯を閉じるまでに、戯曲を三十八編、小説等の著作物を十四作品残している。

ピーター・パンの作者ということで、児童文学作家と思われがちだが、いわゆるピーター・パンものとされる四作以外は、すべて大人向けの作品である。

ジェームズ・M・バリーのピーター・パン関連作品

1.『小さな白い鳥 *The Little White Bird*』（一九〇二年出版）

2.『ピーター・パン——すなわち、大人になりたがらない少年』（一九〇四年初演。一九二八年、完成された戯曲として出版。
3.『ケンジントン公園のピーター・パン Peter Pan in Kensington Gardens』（一九〇六年出版）＊一九〇四年は、日本では日露戦争開戦の年）
4.『ピーター・パンとウェンディ *Peter and Wendy*』（一九一一年出版、本書）

1の『小さな白い鳥』は、ピーター・パンが初めて登場した作品。デイビーズ家の長男ジョージをモデルにしたデイビッドという少年と中年男（作者自身と思われる）との交流を、不思議な幻想の数々をまじえながら描いた長編小説で、このうちの六章分が劇中劇のようにピーター・パンの話となっているが、有名なネバーランドの冒険談とは別物。

3の『ケンジントン公園のピーター・パン』は、前記『小さな白い鳥』からピーター・パンにまつわるその六章分をほぼそのまま抜き出したもので、ピーター・パン誕生の秘話といった小説。赤ん坊のピーターが家から飛んで出て行って、ケンジントン公園で遊び、帰ってみると、もう家の窓は閉まっていて、以来母親を憎むようになった、という有名なエピソードが出てくる。

世間一般によく知られたピーター・パンの物語、フック船長や人魚や妖精《ようせい》や迷子たち《ロスト・ボーイズ》が登場するネバーランドの冒険の話は、2の戯曲『ピーター・パン――すなわち、大人になりたがらない少年』と4の小説『ピーター・パンとウェンディ』である。

蛇足だが、ピーター・パンが誕生した一九〇〇年代の初頭というと、文豪夏目漱石《そうせき》がちょうどイギリスに留学していた時期（一九〇〇〜〇二年）に当たる。果たして漱石は、イギリスでジェームズ・M・バリーの小説を手にとることがあったのだろうか。バリーの何かの戯曲を観ることがあったのだろうか。

漱石はイギリス留学中に、「当地の芝居は中々立派に候《そうろう》」と添え書きしてこんな俳句を詠《よ》んで、劇場の素晴らしさを称《たた》えている。

満堂の閻浮檀金《えんぶだごん》や宵の春　（＊閻浮檀金とは、最上の金のこと）

ともにロンドン在住だったバリーと漱石、もしかすると、どこかですれ違っていたかもしれない。

（二〇一五年三月）

本作品中には、今日の観点からみると差別的な表現がありますが、作品自体の文学性、芸術性に鑑み、原文どおりとしたところがあります。

（新潮文庫編集部）

アンデルセン
矢崎源九郎訳

絵のない絵本

世界のすみずみを照らす月を案内役に、空想の翼に乗って遥かな国に思いを馳せ、明るいユーモアをまじえて人々の生活を語る名作。

アンデルセン
天沼春樹訳

アンデルセン傑作集
マッチ売りの少女/人魚姫

あまりの寒さにマッチをともして暖を取ろうとする少女。親から子へと世界中で愛される名作の中からヒロインが活躍する15編を厳選。

アンデルセン
山室　静訳

おやゆび姫
—アンデルセン童話集(II)—

孤独と絶望の淵から〝童話〟に人生の真実を結晶させて、人々の心の琴線にふれる多くの作品を発表したアンデルセンの童話15編収録。

イプセン
矢崎源九郎訳

人形の家

私は今まで夫の人形にすぎなかった! 独立した人間としての生き方を求めて家を捨てたノラの姿が、多くの女性の感動を呼ぶ名作。

ヴェルヌ
波多野完治訳

十五少年漂流記

嵐にもまれて見知らぬ岸辺に漂着した十五人の少年たち。生きるためにあらゆる知恵と勇気と好奇心を発揮する冒険の日々が始まった。

ヴェルヌ
村松　潔訳

海底二万里(上・下)

超絶の最新鋭潜水艦ノーチラス号を駆るネモ船長の目的とは? 海洋冒険ロマンの傑作を完全新訳、刊行当時のイラストもすべて収録。

ウィーダ
村岡花子訳

フランダースの犬

ルーベンスに憧れるフランダースの貧しい少年ネロは、老犬パトラシエを友に一心に絵を描き続けた……。豊かな詩情をたたえた名作。

J・ウエブスター
岩本正恵訳

あしながおじさん

孤児院育ちのジュディが謎の紳士に出会い、ユーモアあふれる手紙を書き続け――最高に幸せな結末を迎えるシンデレラストーリー！

J・ウエブスター
畔柳和代訳

続あしながおじさん

お嬢様育ちのサリーが孤児院の院長に?! 慣習に固執する職員たちと戦いながら、院長としての責任に目覚める――。愛と感動の名作。

T・ウィリアムズ
小田島雄志訳

欲望という名の電車

ニューオーリアンズの妹夫婦に身を寄せたブランチ。美を求めて現実の前に敗北する女を、粗野で逞しい妹夫婦と対比させて描く名作。

T・ウィリアムズ
小田島雄志訳

ガラスの動物園

不況下のセント・ルイスに暮す家族のあいだに展開される、抒情に満ちた追憶の劇。斬新な手法によって、非常な好評を博した出世作。

オールコット
松本恵子訳

若草物語

温和で信心深い長女メグ、活発な次女ジョー、心のやさしい三女ベスに無邪気な四女エミイ。牧師一家の四人娘の成長を爽やかに描く名作。

O・ヘンリー
小川高義訳

賢者の贈りもの
—O・ヘンリー傑作選I—

クリスマスが近いというのに、互いに贈りものを買う余裕のない若い夫婦。それぞれが一大決心をするが……。新訳で甦る傑作短篇集。

J・オースティン
小山太一訳

自負と偏見

恋心か打算か。幸福な結婚とは何か。十八世紀イギリスを舞台に、永遠のテーマを突き詰めた、息をのむほど愉快な名作、待望の新訳。

P・オースター
柴田元幸訳

ガラスの街

透明感あふれる音楽的な文章と意表をつくストーリー——オースター翻訳の第一人者によるデビュー小説の新訳、待望の文庫化！

P・オースター
柴田元幸訳

幽霊たち

探偵ブルーが、ホワイトから依頼された、ブラックという男の、奇妙な見張り。探偵小説？　哲学小説？　'80年代アメリカ文学の代表作。

P・オースター
柴田元幸訳

孤独の発明

父が遺した夥しい写真に導かれ、私は曖昧な記憶を探り始めた。見えない父の実像を求めて……。父子関係をめぐる著者の原点的作品。

P・オースター
柴田元幸訳

ムーン・パレス
日本翻訳大賞受賞

世界との絆を失った僕は、人生から転落しはじめた……。奇想天外な物語が躍動し、月のイメージが深い余韻を残す絶品の青春小説。

カフカ
高橋義孝訳
変　身
朝、目をさますと巨大な毒虫に変っている自分を発見した男――第一次大戦後のドイツの精神的危機、新しきものの待望を託した傑作。

カフカ
前田敬作訳
城
測量技師Kが赴いた"城"は、厖大かつ神秘的な官僚機構に包まれ、外来者に対して決して門を開かない……絶望と孤独の作家の大作。

カフカ
頭木弘樹編訳
絶望名人カフカの人生論
ネガティブな言葉ばかりですが、思わず笑ってしまったり、逆に勇気付けられたり。今までにはない巨人カフカの元気がでる名言集。

P・ギャリコ
古沢安二郎訳
ジェニィ
まっ白な猫に変身したピーター少年は、やさしい雌猫ジェニィとめぐり会った……二匹の猫が肩寄せ合って恋と冒険の旅に出発する。

P・ギャリコ
矢川澄子訳
スノーグース
孤独な男と少女のひそやかな心の交流を描いた表題作等、著者の暖かな眼差しが伝わる珠玉の三篇。大人のための永遠のファンタジー。

P・ギャリコ
矢川澄子訳
雪のひとひら
愛の喜びを覚え、孤独を知り、やがて生の意味を悟るまで――。一人の女性の生涯を、雪の結晶の姿に託して描く美しいファンタジー。

サン＝テグジュペリ
堀口大學訳

夜間飛行

絶えざる死の危険に満ちた夜間の郵便飛行。全力を賭して業務遂行に努力する人々を通じて、生命の尊厳と勇敢な行動を描いた異色作。

サン＝テグジュペリ
堀口大學訳

人間の土地

不時着したサハラ砂漠の真只中で、三日間の渇きと疲労に打ち克って奇蹟的な生還を遂げたサン＝テグジュペリの勇気の源泉とは……。

サン＝テグジュペリ
河野万里子訳

星の王子さま

世界中の言葉に訳され、60年以上にわたって読みつがれてきた宝石のような物語。今まで最も愛らしい王子さまを甦らせた新訳。

サリンジャー
野崎　孝訳

ナイン・ストーリーズ

はかない理想と暴虐な現実との間にはさまれて、抜き差しならなくなった人々の姿を描き、鋭い感覚と豊かなイメージで造る九つの物語。

サリンジャー
村上春樹訳

フラニーとズーイ

どこまでも優しい魂を持った魅力的な小説……『キャッチャー・イン・ザ・ライ』に続くサリンジャーの傑作を、村上春樹が新訳！

サリンジャー
野崎　孝
井上謙治訳

大工よ、屋根の梁を高く上げよ
シーモア―序章―

個性的なグラース家七人兄妹の精神的支柱である長兄、シーモアの結婚の経緯と自殺の真因を、弟バディが愛と崇拝をこめて語る傑作。

M・シェリー
芹澤　恵訳

フランケンシュタイン

若き科学者フランケンシュタインが創造した、人間の心を持つ醜い〝怪物〟。孤独に苦しみ、復讐を誓って科学者を追いかけてくるが――。

スティーヴンソン
田口俊樹訳

ジキルとハイド

高名な紳士ジキルと醜悪な小男ハイド。人間の心に潜む善と悪の葛藤を描き、二重人格の代名詞として今なお名高い怪奇小説の傑作。

スティーヴンソン
鈴木　恵訳

宝　島

謎めいた地図を手に、われらがヒスパニオーラ号で宝島へ。激しい銃撃戦や恐怖の単独行、手に汗握る不朽の冒険物語、待望の新訳。

スウィフト
中野好夫訳

ガリヴァ旅行記

船員ガリヴァの漂流記に仮託して、当時のイギリス社会の事件や風俗を批判しながら、人間性一般への痛烈な諷刺を展開させた傑作。

大久保康雄訳

スタインベック短編集

自然との接触を見うしなった現代にあって、人間と自然とが端的に結びついた著者の世界は、その単純さゆえいっそう神秘的である。

スタインベック
伏見威蕃訳

怒りの葡萄（上・下）

ピューリッツァー賞受賞

天災と大資本によって先祖の土地を奪われた農民ジョード一家。苦境を切り抜けようとする、情愛深い家族の姿を描いた不朽の名作。

新潮文庫最新刊

金原ひとみ著

アンソーシャル ディスタンス

谷崎潤一郎賞受賞

整形、不倫、アルコール、激辛料理……。絶望の果てに摑んだ「希望」に縋り、疾走する女性たちの人生を描く、鮮烈な短編集。

梶よう子著

広重ぶるう

新田次郎文学賞受賞

武家の出自ながらも絵師を志し、北斎と張り合い、やがて日本を代表する〈名所絵師〉となった広重の、涙と人情と意地の人生。

千葉雅也著

オーバーヒート

川端康成文学賞受賞

大阪に移住した「僕」と同性の年下の恋人。穏やかな距離がもたらす思慕。かけがえのない日々を描く傑作恋愛小説。芥川賞候補作。

カツセマサヒコ・山内マリコ
恩田陸・早見和真
結城光流・三川みり
二宮敦人・朱野帰子
著

もふもふ

—犬猫まみれの短編集—

犬と猫、どっちが好き？　どっちも好き！　笑いあり、ホラーあり、涙あり、ミステリーあり。犬派も猫派も大満足な8つの短編集。

大塚已愛著

友喰い

—鬼食役人のあやかし退治帖—

富士の麓で治安を守る山廻役人。真の任務は山に棲むあやかしを退治すること！　人喰いと生贄の役人バディが暗躍する伝奇エンタメ。

森美樹著

母親病

母が急死した。有毒植物が体内から検出されたという。戸惑う娘・珠美子は、実家で若い男と出くわし……。母娘の愛憎を描く連作集。

新潮文庫最新刊

K・フリン
村井理子訳
「ダメ女」たちの人生を変えた奇跡の料理教室
冷蔵庫の中身を変えれば、人生が変わる！買いすぎず、たくさん作り、捨てないしあわせが見つかる傑作料理ドキュメンタリー。

C・R・ハワード
髙山祥子訳
ナッシング・マン
連続殺人犯逮捕への執念で綴られた一冊の本が、犯人をあぶり出す！作中作と凶悪犯の視点から描かれる、圧巻の報復サスペンス。

M・ロウレイロ
宮﨑真紀訳
生贄の門
息子の命を救うため小村に移り住んだ女性捜査官を待ち受ける恐るべき儀式犯罪。〈スパニッシュ・ホラー〉の傑作、ついに日本上陸。

玉岡かおる著
帆神
—北前船を馳せた男・工楽松右衛門—
新田次郎文学賞・舟橋聖一文学賞受賞
日本中の船に俺の発明した帆をかけてみせる——。「松右衛門帆」を発明し、海運流通に革命を起こした工楽松右衛門を描く歴史長編。

川添愛著
聖者のかけら
聖フランチェスコの遺体が消失した——。特異な能力を有する修道士ベネディクトが大いなる謎に挑む。本格歴史ミステリ巨編。

喜友名トト著
だってバズりたいじゃないですか
恋人の死は、意図せず「感動の実話」として映画化され、〝バズった〟……切なさとエモさが止められない、SNS時代の青春小説！

Title : PETER AND WENDY
Author : James Matthew Barrie

ピーター・パンとウェンディ

新潮文庫　ハ－5－2

Published 2015 in Japan
by Shinchosha Company

平成二十七年五月一日発行
令和六年二月五日三刷

訳者　大《おお》久《く》保《ぼ》寛《ひろし》

発行者　佐藤隆信

発行所　株式会社新潮社

郵便番号　一六二―八七一一
東京都新宿区矢来町七一
電話　編集部(〇三)三二六六―五四四〇
　　　読者係(〇三)三二六六―五一一一
https://www.shinchosha.co.jp

価格はカバーに表示してあります。

乱丁・落丁本は、ご面倒ですが小社読者係宛ご送付ください。送料小社負担にてお取替えいたします。

印刷・錦明印刷株式会社　製本・株式会社大進堂

ISBN978-4-10-210402-6 C0197